REFÉNS

Copyright © JC Lattès.

Tradução
Natália Bravo

Preparação e revisão
Euslene Souza

Capa e projeto gráfico
BR75 | Raquel Soares

Diagramação
BR75 | Thais Chaves

Produção editorial
BR75 | Clarisse Cintra e Silvia Rebello

Dados Internacionais de Catalogação na Publicação (CIP)
(Câmara Brasileira do Livro, SP, Brasil)

Bouraoui, Nina
    Reféns / Nina Bouraoui ; tradução Natália Bravo. -- 1. ed. --
Rio de Janeiro : Editora Paris de Histórias, 2023.

    Título original: Otages
    ISBN 978-65-996025-7-3

    1. Teatro francês I. Título.

23-143375   CDD-842

Índices para catálogo sistemático:
1. Teatro : Literatura francesa 842

Aline Graziele Benitez - Bibliotecária - CRB-1/3129

REFÉNS
Nina
Bouraoui

RE
FÉNS

Paris de Histórias
editora

Escrevi *Reféns*, peça de teatro, para o Paris des Femmes, festival dedicado às autoras mulheres.

Ela seria interpretada por Christine Citti em 2015, no Teatro Mathurins, por Marianne Basler em 2016, em Bonnieux, no Teatro Agnès Varda e na Ópera de Vichy e, depois, por Anne Benoît e Tommy Luminet em 2019, na Comédia de Valence e no Teatro Pont du Jour, em Lyon.

Como o destino de minha heroína permanecia incessantemente ligado ao caos do mundo, escrevi uma nova versão, inspirada na do teatro, em homenagem às reféns econômicas e amorosas que nós somos.

Meu nome é Sylvie Meyer. Tenho 53 anos. Sou mãe de dois filhos. Estou separada de meu marido há um ano. Trabalho na Cagex, uma empresa de borracha. Dirijo a seção de reparos. Não tenho antecedentes criminais.

Não sei o que é a violência e não recebi qualquer ensinamento sobre ela, nem tapa, nem golpes de cinto, nem insultos, nada. A violência que carregamos dentro de nós e que replicamos no outro, nos outros, essa também me é estranha.

É uma sorte, uma sorte enorme. Somos poucos nesse caso, eu tenho consciência. Conheço bem a violência do mundo, mas ela não está sob a minha pele.

Tenho bolsões de resistência, eu sou assim: eu separo. Nada de ruim pode me contaminar. Construí uma fortaleza dentro de mim. Conheço todos os cômodos e todas as portas. Sei fechar quando é preciso fechar, abrir quando é preciso abrir. Funciona bem.

A felicidade se constrói. Ela não acontece por milagre. Felicidade é as nossas mãos na terra, na lama, na argila, é dessa forma que podemos apanhá-la, capturá-la.

Procurei a felicidade como uma louca, às vezes, eu a encontrava, e depois ela voava como um pássaro. Então, eu me resignei, continuei sem me queixar com exagero ou muito pouco

A reclamação é incômoda, para nós, para os outros. Ela toma tempo, além de ser vulgar.

Meu tempo me parece contado, precioso. Eu me sinto tantas vezes levada, empurrada, eu que adoraria, às vezes, observar o céu e as nuvens que passam, deitar-me na mata, fechar os olhos, sentir o fogo da terra.

Eu amo a natureza. Acredito nela como alguns acreditam em Deus. É o mesmo sentimento de plenitude, a mesma sensação de grandeza, o mesmo espanto todas as vezes: o mistério das estações que se sucedem, a profundeza dos oceanos, a força das montanhas, a cor da areia e da neve, o perfume das flores e dos musgos da floresta, a imensidão que nos torna tão pequenos.

Eu nunca sucumbi, jamais, nem mesmo depois da partida do meu marido há um ano. Eu resisti. Eu sou forte, as mulheres são fortes, mais que os homens, o sofrimento nos integra. Para nós, o sofrimento é normal. Faz parte da nossa história: da história das mulheres. E continuará assim por muito tempo. Não digo que isso é bom, mas também não digo que é ruim. É também uma vantagem: não há tempo para que ele se propague. E quando nós não temos tempo, seguimos adiante. Fácil e rápido: não perturbamos ninguém.

Há um ano, quando o meu marido me deixou, eu não disse nada. Não chorei. Nada entrou e nada saiu, como a violência, a calmaria absoluta.

Foi um acontecimento estranho, uma vez que passamos mais de vinte e cinco anos juntos. É bastante tempo, vinte e cinco anos. Bastante tempo. Esses anos todos foram feitos de hábitos, de amor também, mas, sejamos sinceros, principalmente de hábitos, de pequenas coisas, feitas umas após as outras. É uma fita que desenrolamos e que não paramos mais de desenrolar, nós não vemos onde ela termina, mas, às vezes, pensamos no seu fim, sem acreditarmos verdadeiramente nisso.

Essa fita tem uma cor. Para a minha vida com o meu marido, eu escolheria o amarelo pálido. Não era um sol aberto, estava mais para nublado, funcionava, mas a qualquer momento poderia acontecer alguma coisa, a surpresa desagradável, em resumo. Eu tinha razão: um belo dia, ele acordou e disse: vou embora.

Eu não respondi. Fui até a cozinha, coloquei a mesa do café da manhã, que nós tomamos com os nossos dois filhos, como se nada tivesse acontecido, e depois eu tomei um banho muito rapidamente, como de costume.

Quando eu digo "muito rapidamente" é para explicar que eu também não tenho tempo para o prazer. Não tenho tempo. É um erro, o prazer é uma maneira de escapar da realidade.

Havia um bloco entre meu marido e eu. Um muro que foi sendo construído aos poucos. No começo, era uma pequena linha, depois uma pequena mureta. Nós ainda nos víamos, estremecendo quando nos aproximávamos um do outro.

A mureta foi ficando cada vez maior, e cada um permanecia no seu canto, por medo de se ferir. Nossas mãos ainda podiam se tocar, mas era preciso fazer um esforço. O cimento foi ficando mais espesso. Rapidamente já não nos víamos mais, não nos olhávamos, não nos sentíamos. O muro estava construído e cresceria ainda mais.

Era o fim, sem que a gente dissesse isso um ao outro, mas, no fundo, nós sabíamos. Sempre sabemos dessas coisas. Nós as tememos, mas sabemos. É mentira quando dizemos que fomos surpreendidos pela partida do outro. Mentira. Às vezes, sem admitir, nós a esperamos, a provocamos, e cada um dos nossos gestos conduz à derrocada. Nossas palavras também. O muro, nós o construímos os dois. Colocamos a areia, a água, o cascalho e o metal, para que ele fosse bem compacto e nada pudesse rompê-lo.

Naquele dia, quando o meu marido anunciou que partiria, eu não chorei. Foi um anúncio como qualquer outro, que eu poderia ter incorporado às notícias do dia: a curva de desemprego, o aquecimento climático, o aumento dos preços, a guerra. Era importante e sem importância ao mesmo tempo. Aquilo fazia parte dos assuntos gerais, não da minha intimidade. Isso era o mais estranho. Meu marido estava me deixando, e eu tinha a impressão de que ele estava deixando outra mulher. Não me senti preocupada nem um pouco. Não era exatamente ele, e não era exatamente eu. Ele partiria, mas o muro, esse iria ficar. E eu não o vi partir. Foi apenas uma frase, desse jeito, como por exemplo: vou comprar o pão, pagar a conta de luz, buscar as roupas na lavanderia. A linguagem não é nada quando não queremos entender. As palavras se tornam tão leves quanto uma bolha de sabão que voa e depois estoura.

Depois da frase do meu marido, deixei o meu filho mais novo no colégio e fui para a Cagex. Bati o ponto, cheguei à minha seção, controlei as máquinas, os empregados, que iam chegando um a um, minhas abelhas.

Não era um dia especial, nem tampouco um dia comum, pois eu tinha em mente que alguma coisa havia acontecido, que meu marido havia decidido partir, mas isso não me fazia tão mal, como uma pedra no sapato, uma pedra que suportamos pois nunca temos tempo de retirá-la; então, vamos deixando e pensamos "depois, depois", mas o depois não chega nunca, e acabamos deixando a pedra e não pensamos mais nela: ela faz parte de nós.

Pensando bem, uma coisa aconteceu: eu mudei de lugar na cama. Não me deitei no centro como outra mulher teria feito, não, eu tomei o seu lado, o esquerdo: meu corpo sobre o seu corpo que não estava mais lá, minha pele sobre a sua pele que eu não sentia mais contra mim, minha respiração misturada à dele, que eu não ouvia mais, minhas costas, meus rins, minhas nádegas em cima dele, que não estava mais por baixo, mas às vezes eu penso que ele estava lá, como um buraco que eu preenchia.

Eu estava triste, mas não admitia. Acho que foi a partir desse momento que alguma coisa se desprendeu de mim. Nada demais, uma espécie de fissura que levou tempo até se alargar. Por essa fissura, tudo foi entrando, lenta e metodicamente. Como na natureza, tudo foi se correspondendo, de forma equilibrada.

Tudo era lógico, tão lógico. E se ainda não era, viria a ser, como uma explosão. Uma explosão que está prestes a acontecer. A carga de trabalho a realizar, a supervisão dos empregados, o medo do dia seguinte, as encomendas a gerenciar, os clientes perdidos, os que devemos seduzir: Tudo se acumulou.

Eu havia me transformado na caixa de ressonância de Victor Andrieu, meu patrão. Ele tinha adquirido o hábito de se confessar para mim, *se confessar* é uma palavra muito forte. Não havia qualquer sentimento no que ele me dizia. Para mim, os sentimentos têm uma ligação com a doçura. Eu sei que estou enganada, mas para mim é assim. Chama-se "ser sentimental", não é? Ali, era uma sucessão de medos. E eu me recuso a colocar o medo entre os sentimentos, porque o medo nos diminui, nos posiciona ao nível dos animais. Não quero ser um animal, na pior das hipóteses, eu seria um cachorro, mas o cãozinho dos meus filhos, não o do meu patrão.

Victor Andrieu estava cada vez mais angustiado. Não conseguia mais esconder, se controlar. O que é um erro para um patrão. Eu o achava inútil, fraco. Ele reclamava sem parar: suas noites sem dormir, as dívidas, a pressão, a empresa que agora o esmagava. Não tinha nenhuma compaixão por todos nós. Ele se aliviava, era tudo.

Sylvie, estamos abaixo da meta.

Sylvie, motive o grupo.

Sylvie, eu conto com você.

Sylvie, eu estou sufocado.

Sylvie, o Estado quer me destruir.

Sylvie, não, nem todos os patrões são canalhas.

Sylvie, nenhum benefício e nenhum aumento.

Sylvie, se eu afundar, você afunda comigo.

Sylvie, pulso firme, ainda mais firme.

Dê-se ao respeito, poxa vida!

Sylvie, depois de todo esse tempo, nós dois viramos uma família.

Sylvie, eu tenho inteira confiança em você.

Conto com você!

Sylvie, você conhece os empregados melhor que eu.

Sylvie, eu e você estamos do mesmo lado.

Vamos, pequena, vamos, a gente segue em frente e não deixa nada para trás.

Sylvie.

As frasezinhas de Victor Andrieu ressoam como o refrão de uma música. No começo, eu não prestava atenção. Eu conhecia de cor o seu jeito de agir, de estreitar os espaços. Não era mais um patrão, mas um artesão da crueldade. Ele tinha talento para isso. Para mim, não era questão de escolher um lado. Eu zelava pelo bom funcionamento da Cagex, enquanto permanecia sob a autoridade do meu patrão, como a sombra do corpo do meu marido que permanecia sob o peso do meu corpo à noite.

Eu respeitava as hierarquias.

Sempre gostei do meu trabalho e, mais precisamente, sempre gostei do trabalho, do esforço, do rigor, da pontualidade, da atenção, da repetição também. Isso não me dá medo. A repetição no trabalho me tranquiliza. Eu me sinto viva, útil. Encontro o meu lugar, não é o melhor dos lugares, mas um local que me permita crescer, como uma planta com suas minúsculas ramificações. Eu não almejo a grandeza, mas a tranquilidade: meu salário, um teto sobre a minha cabeça e, sobretudo, minha consciência tranquila; dormir bem, sem muita preocupação.

O trabalho é a possibilidade de ser feliz ou, em todo caso, de se aproximar da felicidade. E mesmo que a felicidade pareça ser um continente obscuro, que se distancia a cada vez que pensamos estar mais próximos dele, eu gosto de acreditar nisso. A felicidade é também a possibilidade de imaginação. E eu adoro imaginar. Por exemplo, sem jogar semanalmente, eu me imagino ganhando na loteria. Faço cálculos muito precisos, combinações, probabilidades, dividindo os meus ganhos entre as pessoas que eu amo (elas são poucas), as associações, o fisco. Eu me vejo muito bem em uma casa maior, com um belo jardim. Não abandonaria meu trabalho, mas viajaria, isso é certo. Não conheço nada do mundo. É frustrante pensar que existem muitas coisas para descobrir, para percorrer, para adorar, talvez. Como saber se o país em que vivemos é realmente o país certo para nós? Eu mesma não sei, então, eu sonho com dunas, fiordes, pirâmides, com fontes milagrosas e espumas brancas como o leite. E repito com frequência, à noite, minha fórmula mágica: Kuala Lumpur, Oulan-Bator, Acapulco, Bora Bora/ Kuala Lumpur, Oulan-Bator, Acapulco, Bora Bora.

O trabalho é a âncora, o barco no cais, a segurança. Não é um "deixa o barco correr", está lá, é concreto. Eu não tenho medo do esforço, do cansaço, da dúvida. Digo a mim mesma que sempre há uma solução, que muitas vezes complicamos a vida por nada. As pessoas adoram isso: complicar a vida por nada.

O trabalho é ter uma função, participar da marcha. É andar várias vezes na roda-gigante com um só bilhete.

Eu sei que é uma criação da mente, mas eu gosto de pensar que nós, todos os trabalhadores, unidos, juntos, fazemos as coisas avançarem.

Entrei para a Cagex há vinte e um anos. Fui subindo os degraus, um a um. Victor Andrieu tinha inteira confiança em mim. Eu bem que merecia. Sempre pontual, esforçada no trabalho, próxima aos empregados, designada representante sindical e, em seguida, supervisora da minha seção – a de reparos – recompensada no fim do mês, às vezes, aplaudida em reuniões de fim de ano. Eu sabia me equilibrar entre os trabalhadores, dos quais eu fazia parte, e a direção, que havia me confiado uma espécie de poder invisível.

Eu me fazia ouvir sem gritar, sem insistir, sem ameaçar. As mulheres, sobretudo as trabalhadoras, se espelhavam em mim. Estávamos em condição de igualdade. Nunca humilhei ninguém. Nunca. As coisas avançavam bem. Sempre vão precisar de borracha. Não nos sentíamos verdadeiramente ameaçados, a despeito da crise que vinha se instalando ao longo dos anos. Éramos uma estrutura saudável. As tarifas eram cada vez mais elevadas, mas dávamos um jeito. E, além disso, eu não queria pensar negativo. Nunca. Tenho dois filhos para alimentar, o pai deles foi embora, ele contribui com o que pode. Não quero mal a ele, pelo menos era o que eu pensava. Sei que não se pode misturar tudo, mesmo assim, há uma causa para o meu gesto, o famoso clique. Não foi assim que aconteceu, um belo dia, eu acordei e disse a mim mesma: esta noite o Victor Andrieu vai pagar a conta de um banquete ao qual ele nunca foi convidado.

As coisas não acontecem de uma só vez. Dizem que elas vão amadurecendo, mas eu penso que elas se organizam por estratos. Existe uma ordem. Não é irracional, é organizado, como a vida. Acredito no encadeamento lógico dos acontecimentos. É científico. Quando X chega, Y não está longe, e Z não existiria sem X e Y. Isso se aplica muito bem ao meu caso. Muito bem.

Um belo dia, meu marido partiu. Victor me pressionava cada vez mais, e uma noite, de forma muito natural, eu resolvi existir de outra forma. Existir como uma mulher mais livre que de costume. Pode parecer loucura, mas tirar a liberdade de alguém afirmou a minha própria liberdade.

Eu não era mais verdadeiramente livre. Em todo o caso, não era como eu me sentia. A gente não é livre sem amor, sem desejo, de jeito nenhum. Somos prisioneiros dos nossos corpos. Prisioneiros dos outros, do que nos cerca. Prisioneiros do mundo. O amor é a liberdade.

Meu marido partiu porque não me amava mais. Ele se sentia preso numa história que não vibrava mais. Aí está o meu X: a partida do meu marido. Alguma coisa se afundou dentro de mim, sem barulho. Eu não conhecia a violência, mas quando o meu marido partiu, ela chegou e usava uma máscara bastante surpreendente. É por esse motivo que eu não a reconheci de imediato. A violência estava lá, em todos os lugares, infiltrada, no meio da noite e de manhã cedo. No fundo dos meus bolsos e sobre a minha pele, no meu olhar e nos meus sonhos. Estava lá, como uma tinta. Adquiria todas as formas, todas as texturas, ocupando o espaço, os vazios, tudo. Ela tinha um nome, hoje eu sei, um nome que corta: chamava-se silêncio. É sua forma mais perigosa. Sempre pensamos que o barulho é a violência, mas não, de jeito nenhum. O barulho é uma falsa violência. O barulho é a vida, nervosa, louca, que pulsa, que existe. O barulho é a cor e o ventre. O barulho é a cólera e a recusa. O silêncio estava em todo lugar, dentro e fora de mim. Ele era perigoso. Eu não prestei atenção. Ele não me incomodava, porque o silêncio não é incômodo, principalmente depois de longas jornadas de trabalho ao redor de máquinas, de compressores, do que esquenta e depois esfria, dessa indústria pesada, forte, suja, massacrante.

Quando eu voltava para casa, o silêncio me recobria como uma seda. Eu chafurdava nele, sozinha na minha cama, ocupando o espaço vazio. A violência me penetrava. Eu não ouvia mais os meus filhos, nem as palavras, nem as vozes, tudo deslizava sem permanecer. A violência pulsava, pulsava, pulsava. E ela eclodiu de repente, quando um belo dia Victor Andrieu me convocou ao seu escritório.

Sylvie, eu tomei uma decisão.
Alguma coisa não está funcionando aqui, e eu preciso da sua ajuda.
De verdade.
E da sua discrição.
Você sabe o quanto eu confio em você, não é?
Você sabe, Sylvie?
E eu tenho valores.
Se você me ajudar, eu te protegerei.
É o acordo entre nós.
Eu sou um homem de palavra.
O que está dito, está dito.

A Cagex atravessa uma fase de turbulências. No começo, eu não estava muito preocupado, mas a zona se transformou num oceano, você entende?

Todos os dias, nós somos submetidos a flutuações muito perigosas.

Não é mais um passo atrás, são buracos gigantescos, tsunamis, se você preferir.

Eu pensei muito.

Normalmente, eu sou um homem tranquilo.

Procurei, com todas as minhas forças, pesando os prós e os contras, fazendo o giro dos eventuais investidores.

Não há mais crédito, vamos esquecer os bancos.

Além do mais, eles não acreditam mais em nós. Os bancos.

Como dizer?

É ao mesmo tempo tão simples e tão complicado, Sylvie. Eu os detesto.

De verdade.

Como se pode detestar uma mulher que não quer mais você.

O dinheiro é sexual, sabe, não, você não sabe, e além do mais eu estou me perdendo, não é esse o tema da nossa conversa.

Existem os dominados e os dominadores.

É isso o dinheiro, a lógica do dinheiro.

É assim que os bancos nos prendem. Então, eu pensei e só vejo uma solução.

Ela é dura, mas obrigatória.

Nesse momento, eu não posso reduzir os custos. É impossível.

O clima econômico atual não me dá essa possibilidade.

E quando não se pode mais nada com os números, atacamos por outra vertente.

É rude, mas não vejo outra solução.

Então, sim, partimos para os homens.

Eu sei o que você vai pensar, eu sei e eu também o pensei, e isso me fez mal, acredite em mim.

Está tudo claro nesse momento, de verdade, tendo em vista um próximo acúmulo, e nós teremos que fazer escolhas.

E é aí que você entra, querida Sylvie.

Vou te pedir para constituir alguns viveiros.

Explico: um viveiro é um nicho.

É uma bela imagem, não?

Reconfortante, eu acho.

Mais que um ninho, menos que uma seção, uma pequena coisa de nada que tranquiliza, que está lá, na qual acreditamos e que se replica.

E você tem uma função, Sylvie. Uma função magnífica.

A de chefe da orquestra que dá o tom, o movimento e ainda mais: o melhor dos tons e o melhor dos movimentos.

Não é pouca coisa, sabe.

Decidi, então, que você vai preencher esse nicho.

Sim, você, Sylvie, ninguém mais do que você. Minha pequena chefe de orquestra.

Eu te explico.

Quero que, dentre todos os empregados, você encontre aqueles que prejudicam ou não a Cagex.

Quem são os mais fortes e os mais fracos?

Quem trabalha sem cessar?

Quem chega atrasado?

Quem pode se adaptar, e quem não vai conseguir?

Quem é o elemento perturbador?

Quem não chega ao máximo de suas capacidades? Quem se economiza?

Quem deseja evoluir?

Quem sabota?

Eu quero uma classificação

É isso um viveiro. Entende, Sylvie?

Sim, eu sei que você entende.

Você é uma mulher boa e inteligente, é tão rara a bondade nos nossos dias, cada um segue por si sem pensar nos outros.

E, no entanto, o êxito está nos outros.

Não somos nada sozinhos.

Nada.

E eu não sou ninguém sem você, ninguém.

Nós dois vamos ganhar, eu sei. Você imagina?

Juntos, seremos uma equipe.

Bombeiros, é isso, seremos bombeiros que salvam a casa incendiada.

Eu te estendo a mão, pegue-a.

Eu obedeci. Rastreei, pressionei. Fiz listas, estabeleci categorias. Constituí os viveiros. Não gostava disso, no começo, mas executava, de mãos dadas com Victor Andrieu.

Eu espiei, ouvi, sublinhei. Interroguei, dei sermões. Uma verdadeira policial. Estava lá, mas não era mais eu. A fissura se transformou num buraco enorme. Entrava tudo ali. A violência havia invadido tudo. Eu respondia às suas ordens, antecipava-me a elas. Eu seguia o seu sistema e inventava um outro, ainda mais eficiente. Eles eram bonitos, os meus viveiros. Uma verdadeira obra de arte. Estava orgulhosa de mim, orgulhosa da minha maldade. Eu me transformava em alguém pior que o meu patrão e nem evitava os espelhos. Olhava-me nos olhos e dizia "muito bem, Sylvie, continue assim, siga o seu caminho, a sua trajetória, você tem um objetivo, vai alcançá-lo, e se achar que já o alcançou um dia, persista, pois na vida nunca chegamos ao limite, nunca, isso é para os fracassados, os que reclamam ou têm escrúpulos, você é a melhor, você sabe onde quer chegar, ninguém poderá te impedir e, paciência, se você perder as suas amigas, porque sim, você tinha amigas na Cagex, mas afinal de contas, será que elas eram verdadeiras amigas pra você? Elas dedicavam algum tempo para falar contigo, para saber se você estava bem? E os seus filhos, elas perguntavam sobre eles? Não, sempre se lamuriando, um dia de licença aqui, um pequeno aumento de salário ali, você acha que isso é amizade? Hein? Além do mais, você não tem mais muitos amigos. É verdade, depois que o seu marido partiu, as pessoas te ligam à noite? Te convidam para os aperitivos? Até os seus vizinhos estão incomodados. E suas amigas de infância? Nada mais. Uma mulher sozinha é uma ameaça para as outras mulheres. É a lei do rebanho. A ovelha desgarrada, a gente não vai atrás, a gente abandona. É o fim dos passeios de domingo. Das confidências também. Você não faz mais parte da vida delas, porque você não está mais na vida normal. A amizade não existe mais. Sempre existe um interesse, alguma coisa escondida. Se não for você a fazer o trabalho sujo, outra pessoa vai fazer e ninguém será indulgente com você, ninguém. A indulgência é para os que amam e numa empresa não existe amor: apenas o lucro, a segurança, pois todos estamos na mesma, temos medo de acabar na rua e de morrer por lá, é o que te espera se você não obedecer ao Andrieu. No fim das contas, ele te prestou um grande favor. Ele é seu aliado. E você tem um belo olhar quando eu te observo, pois você está do lado certo. O lado dos vencedores. Você mereceu. Você se esforçou bastante esses últimos anos. É você que terá que caçar as cobras que não fazem nada aqui. Nada, além de esperar pelos seus favores. E a Cagex é um pouco o seu bebê, Sylvie, não? Nunca se esqueça disso, você é uma verdadeira mamãe. Então, acabou a gentileza. A flexibilidade. Acabou. Cada um por si. E você por você."

Eu me senti perdida, e então aconteceu.

Era uma manhã de novembro. A noite ainda devorava o dia. O mês dos mortos me remetia à minha infância, que eu comparava a um território indestrutível, com suas falésias e suas planícies tranquilas, suas alegrias e suas dores.

Desconfio das pessoas que nunca pensam na sua infância. Feliz ou triste, cinza ou cheia de luz, uma infância não se esquece. Não cortamos as raízes de uma árvore que ainda floresce.

Surgiam imagens do meu pai, ele me tinha sobre os seus ombros, o peito nu, sorrindo para a lente da máquina fotográfica que a minha mãe agitava em nossa direção, quando eles ainda estavam vivos; minhas três irmãs e meu irmão em segundo plano, em traje de banho, na praia, maré baixa: meu pai dizia que era preciso ir em busca do mar[1], frase que me intrigava porque eu pensava que ele falava da nossa mãe para nós e que ele já a havia perdido, como se os homens e as mulheres não tivessem sido feitos para se entenderem. Nunca os vi discutindo. Eu sabia que eles eram infelizes, cada um no seu canto, exaustos pelo trabalho, as preocupações que não deixam nenhum espaço para a leveza, exceto durante essa semana de férias que nós passávamos todos juntos, fingindo que éramos uma família unida.

Nunca os vi se beijarem, se abraçarem. Nunca os ouvi dizerem um ao outro "você é bonita, gosto de você, senti a

---

[1] A palavra francesa *mer*, mar em português, é pronunciada da mesma forma que *mère*, que significa mãe.

sua falta, não volte tarde demais, meu querido, meu amor, eu preciso de você." Nunca vi meu pai oferecer flores à minha mãe. Nunca vi a minha mãe se esconder nos seus braços, dançar com ele, rir de um segredo.

Nunca.

Eu pensava naquela manhã de novembro, constatando que eu também não soube amar o meu marido. Meus pais permaneceram juntos até o fim. Não se divorciava naquela época. Prisioneiros, não do amor, mas do fim do amor. Cada um faz o que pode. Como amar por toda uma vida? Como manter as certezas sobre o outro para sempre?

Meu pai me dizia com frequência que eu não deveria confiar em ninguém. Que as pessoas são ingratas e que essa ingratidão era a pior das misérias. Ele também me dizia para trabalhar bastante, para não depender de um homem, para ter um emprego de verdade, não me deixar humilhar no trabalho como tantas vezes ele havia sido humilhado no seu. Eu nunca me esqueci. Nunca.

Existem dois tipos de indivíduos. Os que ganham e os que perdem. Às vezes, eu acreditei que ganhava para aliviar a minha consciência, mas eu perdi bastante e o pouco que me restava, eu destruí.

Meus filhos estavam na casa do pai para as férias. Eu estava sozinha, sem tristeza. Havia essa força em mim, ela era nova. Eu a sentia no ventre, depois na garganta, como se uma mão a apertasse sem nunca a largar. Eu sufocava um pouco, não era desagradável. O sangue circulava de uma outra maneira, me provocando ligeiras vertigens.

Eu tinha a sensação de estar fora do meu próprio corpo, enquanto ainda o ocupava. Por uma vez, tomei um banho demorado.

A água deslizava sobre a minha pele, quente e ensaboada, provocando-me um prazer esquecido por muito tempo. Meu corpo estava lá, ao alcance das mãos, macio, forte, pronto para receber o desejo de outro. Mas não havia outro. Eu me toquei, e nada aconteceu. Estava morta sob a minha carne. Maldição. Senti a raiva em mim. Não contra mim, em mim. Contra o meu marido também. Eu me dizia que ele partiu levando o que eu tinha de melhor: minha juventude, meus seios, minhas nádegas, minha cintura, minha energia. Não sentia desejo por outro homem. Eu me desejava a mim mesma e não conseguia me satisfazer, me fazer gozar. Tinha me transformado no meu desconhecido.

Escolhi uma camisa branca, um cardigan claro e quente, uma saia bege, sapatos vermelhos e meu grande casaco preto. Eu me sentia bem. Como se fosse viajar. Uma viagem sem retorno, rumo a um país misterioso. Fiquei mais tempo que de costume em frente à janela da cozinha, tudo estava calmo ao redor, os jardins ainda adormecidos, a bruma espessa como uma tela sobre as árvores sem folhas. Servi um café para mim, depois me sentei à mesa, olhando fixamente para as facas dispostas na bancada. Escolhi a mais afiada, nem muito longa, nem muito curta. Deslizei-a dentro da minha bolsa, dizendo o seguinte: "pelo menos, eu tenho isso comigo."

Hoje, eu entendo o verdadeiro sentido dessa frase. Ela não se aplica somente à faca. Significava outra coisa. Essas coisas que não aparecem de imediato e que não sabemos apreender. Essas coisas que permanecem dentro de nós e vão se sedimentando até que um dia retornam num fluxo que não podemos reter. Acumuladas ao longo de uma vida. Essas coisas que compõem um ser, sua verdadeira natureza. Ter isso significava ter decidido isso, ainda que naquele instante preciso eu não tivesse decidido nada ainda.

Entrei no meu carro e dirigi no sentido oposto à Cagex. Eu ainda me sentia fora do meu corpo, mas feliz comigo, como se houvesse ganhado um concurso e estivesse indo buscar o meu prêmio. Sentia-me feliz, para dizer a verdade, satisfeita. Isso não me acontecia há meses. No radio, tocava uma canção de Alain Barrière:

Tu t'en vas/ comme un soleil qui disparaît /Comme un été, comme un dimanche/ j'ai peur de l'hiver et du froid/ j'ai peur du vide de l'absence/ tu t'en vas/ et les oiseaux ne chantent plus/ le monde n'est qu'indifférence.[2]

Eu cantei a plenos pulmões, os vidros baixos apesar do frio. Foi tão bom. Era de mim que a canção falava. Eu partia para longe, longe de tudo. Queria deixar tudo, deixar

---

[2] Tradução: Você vai embora/ como um sol que desaparece/ como um verão, como um domingo/ eu tenho medo do inverno e do frio/ tenho medo do vazio da ausência/você vai embora/ e os pássaros não cantam mais/ o mundo é apenas indiferente.

tudo para trás. Desaparecer, como nas histórias que nos amedrontam. Dar aquele estalo: ela foi embora e nunca mais voltou. Só que são os homens que partem, raramente as mulheres, por causa das crianças, sem dúvida, desse cordão que não teremos nunca a coragem de cortar. Os homens são mais livres, desde o início. Não têm essa história de corpo que os ligue para sempre à sua prole. Essa é a diferença entre nós.

Meu marido sempre quis ter filhos. Ele dizia *"eles serão a imagem de nós dois"*, frase idiota. Uma criança possui sua própria imagem, única, indivisível. O resto é ego ou romantismo. Nos dois casos é TOC. E depois, às vezes, a criança puxa apenas a um dos pais. É assim. A natureza é cheia de surpresas.

Meus filhos são como eu, um pouco estranhos, um pouco ausentes. É por isso que eu amo os meus meninos. Eles nunca serão moldados, são únicos, mas também não muito, não seria bom para eles. Nós sabemos. Nossa época detesta a diferença. Tudo tem que ser bem liso, em ordem, senão acabou, nenhuma chance de prosperar, de ser aceito.

Às vezes, eu e meus filhos nos beijamos, mas é raro. Não tenho jeito para a ternura, eles também não. Sou uma boa mãe, zelo pelo bem-estar, pela segurança, pelo prazer, mas os beijos não são comigo.

Eu me casei na prefeitura no último dia de junho. Tinha vinte e oito anos. Meu marido não queria ouvir falar de igreja. Eu me arrependo. Estou certa de que pensamos duas vezes antes de partir quando nos comprometemos diante de Deus.

Às vezes eu acredito nisso, às vezes não. Gosto da ideia de que Ele esteja lá, acima, ou ao meu lado. Meu marido detestava quando eu falava disso. Ele dizia: *pergunte ao seu bom Deus por que trabalhamos como uns condenados? Per-*

gunte a Ele como Ele dividiu o bolo? Por que só nos sobram as migalhas dos outros?

Então não, nada de igreja, nada de órgão, nada de juramento, nada de foto na escadaria, nada de filme, eu que amo tanto um filme, enfim, os filmes que passam na televisão, principalmente as comédias românticas, aquelas que são tão bem feitas que nos dizemos que o amor existe em algum lugar, que não é preciso se desesperar, que um dia vamos encontrá-lo, pois sempre há um sapato para um pé descalço.

Escolhemos fazer a recepção em um jardim. Uma grande mesa, no campo, na fazenda de um amigo. Eu usava um vestido branco, de cetim, justo no corpo e evasê a partir da cintura. Achava o meu vestido sublime, eu me sentia bela.

Conheci pessoas casadas que se arrependeram desde o dia do casamento. Outras para quem o amor se evaporou ao fim de alguns meses, como uma fumaça, por causa do peso da família, dos amigos. Quando você se casa, todo mundo se mistura, e você não quer decepcionar, do contrário o grande "tribunal social" saberá abrir o seu processo impiedoso. Eu me sentia realizada, nem dúvida, nem medo. Achava meu marido sedutor, ainda que não conseguíssemos sempre estar muito próximos, a timidez, certamente, mas ele me tranquilizava, bem constituído, sério, eu tinha certeza da fidelidade, sentimos essas coisas num homem, de imediato, e me deu ainda mais pena disso quando ele partiu.

Fazia um dia bonito. Eu me sentia protegida pelo céu azul, muito azul. Nós éramos muitos. As risadas se misturavam, o vinho corria, era bom me sentir embriagada, as bochechas em fogo, as pernas de algodão, dançando na grama fresca.

Foi uma festa bonita, nenhuma nuvem no horizonte, nossas famílias pareciam se entender, nossos amigos também. A felicidade estava ali, bem ali. Não uma felicidade imensa, mas ainda assim uma felicidade, uma trégua que não durou muito tempo. Tinha tirado os meus sapatos para dançar. Eu passava de braço em braço. As pessoas vinham me beijar, me felicitar. Mas por quê, exatamente? Sim, por quê? Por ter encontrado um homem, não tão ruim, trabalhador, menos mau que os outros, mas que parecia substituível, como eu era também. Não tínhamos nada de especial e nos contentávamos com isso. E, de repente, isso me entristeceu. Não éramos nem marginais, nem excepcionais, apenas pequenos pontos entre milhões de pequenos pontos que giravam pela França sob o sol de junho.

    Sentei-me na grama. E foi lá que eu soube. Que eu senti. O mau pressentimento. Não era o vinho, não era a pequena felicidade que era grande o suficiente para subir à cabeça, não era o calor de verão que chegava, não era a música e nem os gritos de alegria das crianças, não, era ínfimo e tomaria tudo: eu tinha uma mancha de cereja no vestido. Uma mancha vermelha que absorveria a totalidade do dia de meu casamento. Quanto mais eu olhava para ela, maior ela parecida ficar. Eu a esfreguei com um pano molhado e sabão. Ela não saiu. E eu sabia que ela nunca mais sairia. E ainda que eu tivesse conseguido fazê-la desaparecer, ela voltaria. A sombra no quadro. A mancha que arruína tudo. O sinal de uma catástrofe. É isso que era o meu casamento, um vestido de cetim sobre o qual uma pequena cereja veio se juntar para me prevenir.

    Meu marido quis me beijar, pressionando os lábios sobre o meu pescoço. Ele tinha bebido, ele também, como todos nós. Eu o sentia excitado, apressado, um pouco louco, eu o empurrei, só a mancha importava.

Nesse dia de novembro, eu dirigia cada vez mais rápido. Então eu parei, deixei o meu assento, fumei um cigarro no acostamento da estrada. Nenhum carro passou, infelizmente. Eu precisava falar com qualquer pessoa, um homem, uma mulher, um jovem, um velho, falar, não ao telefone, não com meias palavras como eu criei o hábito de fazer com o meu marido desde que ele partiu; não, uma longa conversa, sobre tudo e qualquer coisa, pra me sentir observada, ouvida, enfim, compreendida. Era bastante triste, e eu entendi, admiti que eu realmente não estava bem.

Retomei a estrada, eu dirigia mais devagar, tinha medo de sofrer um acidente, medo pelos meus filhos, não por mim. O dia parecia nunca ter amanhecido, retido pela terra de novembro. Os campos formavam escoltas na minha corrida selvagem: eu não tinha nenhum objetivo.

Pensei nos viveiros de Victor Andrieu e disse a mim mesma que eu estava entre os piores deles: daqueles e daquelas que escondem bem o seu jogo. Fiz meia volta e me dirigi à Cagex. Eu sabia que o Victor Andrieu ficava até tarde, fazendo e refazendo os cálculos, examinando as minhas listas, procurando as sementes ruins, *as pragas*, como ele tinha adquirido o hábito de os chamar.

Estacionei perto dos hangares, subi o corredor que levava a uma pequena porta da qual eu era a única a possuir a chave. Subi dois andares a pé, tomando a escadaria de emergência prevista em caso de um incêndio. Abri uma segunda porta, passei pelo corredor do polo de administração e da contabilidade. Seu escritório estava aceso, eu sabia que ele estava lá, sozinho, a empresa havia fechado as portas às 18h. Quando eu entrei, ele levantou a cabeça e gritou:

Puxa vida, Sylvie, você está vindo de onde? Quem você pensa que é?

Estamos te procurando desde esta manhã.

Isso aqui não é um moinho, você perdeu a cabeça ou o quê?

Não podia ter avisado?

Eu estou sonhando, de verdade, estou sonhando.

Deixei dezenas de mensagens para você.

E quer saber?

Eu nem estava preocupado, Sylvie, nem estava. Estou é com muita raiva.

Tive que cuidar de todas as entregas. Você acha que eu não tenho mais nada para fazer?

Não, mas francamente, como se fosse o momento de fazer uma coisa dessas?

Espero que você tenha uma boa explicação, pois eu te previno desde já, não vamos parar por aí.

Se você consegue, todo mundo vai conseguir. É uma questão de responsabilidade.

Você compreende essa palavra: RESPONSABILIDADE?

E não adianta me olhar com esses olhos.

É mesmo uma loucura.

Você deveria dar o exemplo, não?

E depois, tem outra coisa, suas listas são péssimas.

No começo está muito claro, depois eu não entendo mais nada.

Que escrita é essa?

Essas rasuras? Essas setas e esses pontos de interrogação?

Como se a gente tivesse tempo de hesitar, de duvidar.

Uma garotinha de dez anos teria sido mais concisa.

Eu entendo, você tem problemas pessoais, e além do mais, eu sempre te disse que você poderia falar comigo, que eu seria compreensivo para uma licença, um pouco de repouso, mas não, madame acha que é mais forte que os outros, invencível.

Eu sempre estive aqui para você, não é?

Não?

Detesto as pessoas que não dizem nada. Eu não suporto isso.

É importante falar.

Eu sempre te disse tudo, joguei as cartas sobre a mesa com você, sempre.

Pensei que éramos solidários.

De verdade.

E agora eu me dou conta de que eu não posso confiar em você de jeito nenhum.

Quer saber?

Não diga nada mesmo.

Porque eu acho que não posso ouvir nada de você hoje.

Estou decepcionado. Decepcionado, Sylvie.

Decepcionado e muito espantado também.

Então saia do meu escritório agora.

Falaremos disso amanhã.

Esta noite, eu preciso de calma.

Volte para a sua casa e procure na sua cabecinha oca uma boa explicação para me dar.

E depois, pare de se comportar como uma madame.

Aqui, você é como os outros.

Está no mesmo cesto.

Eu protejo as pessoas sérias.

Não os lunáticos. Porque, desculpe, é a palavra que me vem à cabeça quando eu olho para você, uma lunática.

Você já viu a sua cara?

Você chorou ou o quê?
Lunática e chorona, além do mais.
Tudo o que eu detesto.

Eu não fui embora, de fato, deveria ser lunática, Andrieu tinha razão. Era esse o meu problema. Lunática. Eu me sentei, tomada novamente pelas vertigens. Ele agiu como se eu não estivesse mais lá. Coloquei a minha bolsa sobre os joelhos. Abri-a. Guardei o meu casaco. Não dei qualquer explicação. Não conseguia. No entanto, tinha tanta vontade de falar, sabia exatamente o que eu deveria lhe dizer. Exatamente. Como um novelo de lã que a gente desenrola: "eu vou te explicar o que me acontece, meu velho. Você me permite te chamar de meu velho? Nós nos conhecemos há muito tempo, nós dois. Já passamos horas juntos. Se eu faço a conta de todos os instantes, você ultrapassa o meu marido em termos de presença. Eu exagero um pouco, mas não estou longe da verdade, e você sabe o quanto a verdade é importante para mim. Você sabe disso tão bem que foi a mim que pediu para fazer o trabalho sujo. A pequena Sylvie sempre responde: presente. E além do mais, eu não sou pequena. Não, de verdade, ao contrário de você, o palerma. É louco isso, quando eu penso: passar mais tempo com o patrão do que com o marido. Não tem lógica e não é nada humano. Nós precisamos das pessoas que amamos, não das que nos fazem trabalhar. E você sabe por que, meu velho? O trabalho é importante, eu sempre o considerei, respeitei e sempre tive consciência da minha sorte também, mas tem sempre essa coisa que me incomoda, não, pior, que me magoa. Magoar é uma palavra forte, poderosa, e você me conhece. Eu não tenho muita educação, mas eu sempre tive a palavra certa, eu acho que se diz "saber exatamente o que falar". É o meu pequeno dom, na verdade o único, mas eu tenho bastante orgulho dele. Magoada, então. Por quê? Porque o trabalho é, de qualquer maneira, a submissão. Por mais que a gente não diga, há alguma coisa de errado. Claro, com o trabalho vem o salário, e com ele, a liberdade, mas uma liberdade tão limitada se colocamos na balança, entende? Quando eu era pequena, adorava brincar com a balança da minha avó. Era de cobre com dois pratos, e eu pesava feijões secos, um punhado aqui, outro punhado ali. Eu brincava de vendedora, um pouco como você hoje. Você quer realmente uma explicação? Eu não tenho, ou então, sim, tenho muitas, mas não acho que você possa compreender. Você quer saber "o que é que me deu?" Mas o que significa essa frase, Victor? Eu não a entendo. Você diz que eu sou lunática? Talvez você tenha razão. Todos nós temos um pouco de loucura. Tenho certeza de que você também. Qual seria, aliás? As garotinhas? Aquelas coisas bizarras da internet? As putas? Eu não te julgo, você sabe. Eu não sou assim, mas você não tem nenhuma ideia. Você não me conhece, Victor. Você não sabe nada de mim. E, inclusive, você não sabe do que eu sou capaz. Você sabe, eu tenho uma faca na minha bolsa. Agora mesmo parece um filme de terror, hein? Não, isso não acontece apenas com os outros. Por enquanto, eu não decidi nada, mas eu não vou te largar. Eu tenho umas coisas a acertar com você. Uma coisa que me bloqueia. Que não avança. Tenho vontade de te assustar. Que você conheça o medo. Não um pavorzinho de nada. Não, o medo de verdade. Aquele que impede de respirar. Que nos acorda tarde da noite. Que impede de seguir em frente, de correr. Aquele que destrói a confiança e o amor. O medo que você nunca sentiu. Você sabe o que é o medo de estar em falta? De perder tudo? De não poder mais olhar os outros nos olhos? De acabar sem nada? O medo de morrer em vida? Eu te detesto, Victor. Você nem imagina a que ponto eu te detesto. Eu te detesto porque você destruiu o meu muro. Não o que me separava do meu marido, não, isso é uma questão minha. O outro, o muro que ninguém tem o direito de derrubar. O muro que separa o bem do mal. Antes, eu estava do lado bom. Eu não era perfeita, tinha os meus defeitos, mas tinha a minha consciência. Eu traçava, ou melhor, andava sobre uma linha que me parecia certa, não um caminho tortuoso que leva a lugares tortuosos, uma boa linha bem direita – nascimento–escola–trabalho–casamento–família, e assim até a morte, sem fazer o mal, ou tentando fazer o mínimo possível. E em seguida, você me chantageou, mas não é isso o mais grave, de verdade não é. O mais grave é que você me deu o gosto do poder, do poder de verdade. Aquele que permite destruir ou salvar alguém. Aquele que te dá asas pela manhã. Que te engrandece, te fortalece. Que faz você se sentir superior. Isso não dura muito tempo, apenas o suficiente para você acreditar. E eu achei isso emocionante. Pior ainda, isso me excitou. Eu adorava. Pensava nisso o tempo todo. E você sabe por quê? Porque eu acreditei ter me tornado uma pessoa mais digna. Tinha me tornado alguém, eu existia, e, no entanto, era justamente o contrário. Eu me tornei menos que nada. Transformei-me no que eu detesto nos outros, os que se beneficiam da infelicidade e se satisfazem com ela. Você acreditou que me fazia feliz e forte. Você se enganou. Você me enganou. Eu gosto do vento das árvores e dos pés nus nos meus sapatos. Gosto das canções de ninar, de observar os meus filhos e de me dizer que tenho orgulho de ter-lhes ensinado o respeito. Gosto de quando o tempo para e de poder me dizer – sim, está tudo bem, está bom, não está maravilhoso, mas damos um jeito, porque não fizemos nada de mal, não temos culpa. Você destruiu esse fio. Ele era tão fino que você não podia vê-lo. Era o fio da minha tela. Levei tanto tempo para tecê-lo. Eu te detesto porque você não compreendeu a minha felicidade. Ela era medíocre, mas existia."

Mas não veio nenhuma palavra. Olhei para Victor Andrieu e depois baixei os olhos. Nós dois sabíamos que alguma coisa aconteceria. Na minha cabeça, era a noite, como se eu tivesse misturado o interior e o exterior de mim mesma.

Sobram-me apenas umas poucas lembranças daquela noite com Victor Andrieu, poucas imagens, poucos sentimentos, exceto o de ter sido invadida pela obscuridade, mas uma obscuridade que eu nunca tinha sentido antes, ou na verdade, sim, eu sei, eu sei quando, mas não posso dizer de imediato, é muito cedo pra mim, muito violento também, e eu acho que já tive o suficiente dessa violência, é como baldes de areia no meio da cara toda a vez, e isso machuca, a areia sobre a pele, nos olhos, é insuportável, e eu estou cansada de me sentir mal, eu não mereço, não, não mereço de verdade.

Não quero me fazer de vítima, esse não é o meu estilo. Detesto o papel de vítima, muito passivo. Sou uma mulher forte, já disse isso, e essa coisa com o Victor Andrieu não é de jeito nenhum uma confissão de fraqueza, bem ao contrário, eu quis mostrar para ele que não podemos sempre massacrar os mais desfavorecidos. Penso nas minhas abelhinhas quando digo isso, que um patrão não pode se permitir tudo, não, não é verdade, o poder não está acima das leis, e mais que isso, não está acima da moral. Porque foi isso que me chocou nessa história de viveiros, foi a moral: a história de um sujeito atrás da mesa que está acima dos homens e das mulheres, que se permite pisoteá-los, brincar com os seus nervos, humilhá-los mesmo, sim, porque é sempre uma humilhação duvidar do trabalho dos outros, e pior, é colocá-los em risco de fato, é um pequeno golpe de canivete a cada vez, e depois de cem pequenos golpes de canivete, é simples, nós morremos.

Não morremos de verdade, continuamos de pé, acordamos, tomamos banho, nos alimentamos, levamos os filhos à escola, batemos o ponto, vamos ao trabalho. Mas em nosso interior, estamos mortos, e todos os gestos também morrem, e acabou a performance, nos sabotamos: fomos colocados em risco.

Era isso o que eu queria dizer ao Victor Andrieu, só isso, levantar essa injustiça. Ele tinha usado do seu poder para matar os outros, pessoas honradas. Não queria fazer mal a ele, apenas lhe provocar medo e, sobretudo, que ele compreendesse. Ele estava do lado mais forte, e eu não digo isso apenas em relação a dinheiro ou poder, não, ele estava do lado da instrução, e quando nós recebemos uma instrução, me parece evidente que recebemos uma moral, é o pacote, vem junto. Enfim, me parece lógico, mesmo que eu me engane, mas eu seria sempre mais indulgente com um ignorante que se transforma num canalha do que com alguém instruído que vira um lixo. É assim, ainda que nos dois casos a canalhice seja inadmissível: mas há uma que se pode compreender, sem aceitá-la, certamente, nem perdoá-la, mas existe um motivo no primeiro caso, enquanto no segundo, a instrução é uma espécie de circunstância agravante, não há perdão para aqueles que a conhecem, que foram protegidos, que tiveram os caminhos direcionados desde a infância, a quem não faltou nada. E, atenção, eu não estou dizendo que todos os patrões são uns safados, de jeito nenhum, mas eles deveriam ser exemplares e justos, e Andrieu não era de jeito nenhum. Ele se perdeu na sua capa de grande patrão, ele mentiu, pois eu conheço bem as contas. Ele quis apenas fazer um pouquinho mais de dinheiro, sacrificando a cabeça de uns e de outros em nome dessa crise que tem as costas cada vez mais largas nesses tempos: sim, a crise virou o assunto da moda, a crise mundial, a crise geral, a crise econômica e financeira, enquanto na gente, a crise plantou sua estaca no fundo de nossas almas. Nós conhecemos há muito tempo essa crise, a pior de todas: a crise de ansiedade, a que paralisa desde a madrugada, pois não sabemos como será o amanhã, porque temos medo de ir trabalhar, porque não há mais um bom ambiente de trabalho, e porque tememos a frase fatal: corte de pessoal, desculpe, bye bye, liquidação de todas as contas, não há mais nada que eu possa fazer por vocês, nenhum arranjo possível, passe na contabilidade, não tenham raiva de mim, não havia como fazer de outro modo. Era essa frase que também me tirava do sério: não posso fazer de outro modo.

Já eu, eu penso que sempre podemos fazer de outro modo, que sempre há uma maneira, basta procurar. Só que para procurar, é preciso ter moral mais uma vez e coração, e Andrieu não tinha uma pedra no lugar no coração, mas um buraco, um buraco enorme, como um defeito de fabricação. E não digo isso apenas para a empresa. Nós vivemos num lugar pequeno, todo mundo se conhece aqui em Périgueux. Os rumores correm rápido, e posso dizer que faltava moral para Victor Andrieu também para com os seus próximos, divorciado inúmeras vezes, amantes para dar e vender. Bom, ele faz o que quiser de sua vida, mas eu sei que ele gostava bastante das novinhas, e que a sua pobre mulher, a última, ela não passava pela porta há muito tempo. E o pior é que ele não era muito correto ao nível de pensões etc., eu sei, tinha sempre um nariz na contabilidade e vi as cartas do advogado, os atrasos, as prestações de queixa, as dívidas, acho que o jogo também, mas não tenho certeza. Em todo o caso, as "suas pequenas", como ele as chamava, deviam custar bem caro porque um dia ele me perguntou se eu conhecia a marca

Balenciaga, o que eu pensava dela, se não era demais para uma menina de dezessete anos; eu não o julgo, mas o que ele fazia do lado de fora, ele fazia dentro de casa, na Cagex, era também um pouco a nossa casa porque ele não era nada sem a gente. Se acabasse a borracha, os pneus, ele não saberia fazer as máquinas girarem. Não apenas ele não saberia, como detestaria sujar as suas mãozinhas e as suas belas camisas azul celeste. A sujeira é para os outros, não para ele.

Já eu, eu não tenho medo de me sujar, já disse. Eu gosto do trabalho, ele não me amedronta e, se eu pudesse, teria feito horas extras. Não é um problema, isso ocupa a minha cabeça e, para dizer a verdade, eu não tinha nada mais do que isso para fazer desde que o meu marido foi embora. O trabalho virou o meu amante, mas o que não funcionava era trabalhar sem o respeito do patrão, isso não dá. É bizarro, eu sei, quando eu digo que o trabalho virou meu amante. É apenas uma frase, mas eu sei o que ela quer dizer. Nunca tive amante, já disse, eu era fiel ao meu marido, meu homem.

Gosto bastante de dizer meu homem, é superior a meu marido, porque HOMEM é toda a minha vida, nossa juventude, nossos filhos, nossa casa, nosso futuro, antes de tudo acabar. Claro que eu esperava, não nos olhávamos mais, não nos tocávamos mais, mas não havia nenhuma raiva entre nós, nenhuma agressividade. Estou com raiva porque talvez nós poderíamos ter evitado isso. Quero dizer com isso que o amor não estava longe, que talvez seria preciso estender a mão, mas nem eu nem ele o fizemos. E quando eu penso nisso, eu ainda sentia desejo por ele, um desejo inconsciente porque eu não estava mais nessa lógica, não pensava mais nisso, mas eu sei que estava lá, não longe, o desejo pelo outro, pela sua pele, seu sexo, o desejo de se fundir num só e esquecer as dores do mundo. Mas eu não fiz nada. Permaneci atrás do muro que crescia a cada dia mais. Foi como uma fatalidade, e somos todos pequenos diante da fatalidade, deixamos que ela decida pela gente, aceitamos, mesmo que nos queime por dentro por aceitar. Então não, é verdade, eu nunca o enganei, e o pior é que eu nunca sequer pensei nisso, é como se eu tivesse feito uma cruz sobre o prazer. Eu nem os via, os outros caras. Nada, não havia nada além do trabalho, os filhos, a casa para administrar, os impostos para pagar. Eu não era mais uma mulher. Não estou dizendo que as mulheres só existem em relação aos homens, não, de jeito nenhum. E a mesma coisa para os homens, eles não precisam das mulheres para serem homens, mas eu acredito que uma mulher é realmente uma mulher quando ela sente desejo. Pouco importa o objeto do desejo. O desejo é se sentir viva. O desejo é a vida. É o elã, a força. E eu, eu o tinha perdido. É verdade que o meu marido não sabia ser carinhoso, mas ele tinha outras qualidades. Ele me tranquilizava, eu confiava nele e tenho certeza de que ele também foi fiel, até o fim. Mas a ternura é importante, os gestos, nós não conseguíamos nos tocar, nos beijar e, no entanto, pelo menos nos primeiros anos, tínhamos desejo, relações sexuais, mas era estranho porque eu nunca achei que fazíamos amor de verdade. Era como atender a uma necessidade, mas não havia muita história em torno disso, porque sim, a ternura é uma história de todos os dias: tomar nos braços, abraçar, beijar, passar a mão nas costas, todos esses pequenos gestos que depois se misturam a um gesto maior, à noite, entre quatro paredes. Nós nos aliviávamos. Um pouco como Victor Andrieu que se descarregava sobre mim.

Quando ainda tínhamos relações sexuais, eu e meu marido, acho que nos libertávamos de uma energia em excesso, é tudo. E o pior, de um excesso de energia negativa. Transar era apenas esquecer por alguns minutos os nossos problemas. Sim, alguns minutos, vamos parar de mentir. Essas coisas não duram horas. É nos filmes que acontece assim, não na vida real, em todo o caso, não na minha.

O que me impressiona é que eu podia ter fantasiado sozinha no meu canto, mas não. É como eu já disse, nada sozinha também. Eu não tinha desejo nem por mim mesma, e é isso o mais grave, porque, é bom dizer, o desejo nos aproxima do amor, ou da estima de si, dos outros. E é grave perder isso, mais grave que não mais amar o seu companheiro. Era esse o problema, eu não me amava mais, e além do mais, será que um dia eu amei de verdade a mim mesma? Eu tenho dúvidas e hoje, para dizer a verdade, isso não me importa mais.

Tudo isso por causa da violência que eu reprimi. Eu havia esquecido, mas é claro que eu a conheci, claro que me ensinaram, e com afinco, além do mais, mas eu ainda não posso contá-la. Não agora.

Se eu guardo poucas lembranças daquela noite, tenho em mãos, como cartas de um baralho, as da manhã seguinte. Tudo é preciso a respeito desse instante. Meu patrão atrás da sua mesa, eu sentada do outro lado. Podíamos ter tirado uma fotografia de nós dois. Andrieu me parecia ainda menor que de costume. Eu o via como um pobre garotinho que tremia em sua roupa, subitamente muito grande para ele, porque sim, pela primeira vez na vida, ele teve medo. Mas atenção, quando eu digo medo, eu não falo daqueles pequenos temores que nos atravessam às vezes, e que chamamos de receios. Não, ele tinha o medo que liga diretamente à morte, e eu confesso, é verdade, é cruel, mas eu confesso que senti prazer em vê-lo assim: por uma vez, eu tinha o poder, e mais, podia utilizá-lo. Nós estávamos tão cansados, eu acho. Eu digo eu acho porque o cansaço nunca foi um problema para mim, eu me acostumei com ele, a negá-lo, a transformá-lo, as pessoas reclamam tanto do cansaço, e eu, eu não quero ser essas pessoas. Em todo o caso, não quero ser uma pessoa cansada. O cansaço é a fraqueza, e é na cabeça que tudo acontece. Decidimos se estamos ou não cansados, o cansaço não existe verdadeiramente, em si. Não imaginamos a força do corpo, como ele pode ser resistente, se refazer. Está tudo na cabeça, e as pessoas caem porque elas escutam demais a cabeça, e eu, eu já disse, eu nunca caí. Nunca. Então sim, estávamos cansados, mas eu negava aquele cansaço, ou melhor, não, eu o controlava. Por outro lado, vi Victor Andrieu se deixar invadir por ele, ele não aguentava mais, e mais ele se sentia cansado, mais ele tinha medo. Isso se via, ele tinha gotas de suor acima dos lábios, mesmo ele enxugando com o verso da sua manga, elas se formavam de novo. Ele estava cozido, eu havia ganhado, não por muito tempo, é certo, porque eu não sou idiota. Sei que vivemos num país que tem leis e que ninguém tem o direito de tomar alguém como refém, mesmo se for o pior dos canalhas, mesmo se ele representa sozinho todos aqueles que pensam ter poder sobre alguém. Porque o problema está bem aí: o poder. E isso me mata, pensar que há pessoas que acreditam estar acima de tudo. Para eles, também existe a lei, mas no caso deles, nunca dizemos nada porque eles estão do lado mais forte, os intocáveis, sempre se safam. Mas não agora, em todo o caso, eu não queria, ainda que eu soubesse que caminhava para a minha derrocada. Eu queria, ainda, mantê-lo sob o medo por apenas algumas horas, para que ele não se esqueça nunca, e que ele saiba o quanto é complicado não ser um intocável, mas um explorado sem trégua. Eu vinguei os meus, sim, é isso, eu os vinguei e a coisa mais bizarra é que eu sabia que eles não seriam agradecidos, porque eu ultrapassei o limite que eles nunca teriam ousado ultrapassar: todos umas ovelhas. Eu não. Preferi sair do rebanho, ser punida, mas, por uma vez, dizer o que penso: a sociedade está doente. Fazem-nos acreditar que somos todos livres e iguais e que o nosso modelo é o melhor dos modelos, mas isso é apenas poeira nos olhos porque no fim, nós, os pequenos, não temos direito algum além do de se calar. Claro que nos dão um trabalho, confiam em nós quando somos um pouco mais espertos que os outros. Mas no fim é sempre a mesma coisa, somos massacrados pelos mais fortes e nos calamos porque precisamos comer. Então, aceitamos, continuamos, seguimos a linha já traçada do berço ao túmulo, sempre na humilhação, mão estendida, porque não temos como fechar a porta e, às vezes, sonhamos em ir embora, em fechar o bico deles para que não haja mais humilhação, porque se pudemos escolher, e a escolha é a liberdade. E ali existe liberdade, não é apenas uma ideia ou uma palavra bonita, é como a história do pássaro na gaiola: um dia, alguém abre porta e, se ele puder escolher, não é certo que ele vá embora, não é nada certo, porque quem decide é ele, o melhor pra ele, a gaiolinha com a sua ração e seu potinho de água ou a imensidão do céu e os corvos que o esperam para mastigá-lo. O passarinho vai pensar duas vezes antes de deslizar pelas nuvens e beijar o azul. E é normal. Ele não é bobo, o passarinho. Se a porta da gaiola está aberta e ele fica, ele não se sentirá prisioneiro, ele terá escolhido e isso muda tudo. Mas eu, como as minhas abelhinhas, nós nunca pudemos escolher, nunca. Como o meu marido, eu não estou certa de que ele escolheu quando me anunciou que partiria, que me deixaria. Também não estou certa de que escolhemos essas coisas, é a vida que decide por você.

Um dia, muito peso para suportar e pouco espaço para deixá-lo, então, partimos, fugimos apesar do nosso apego, dos costumes, porque é pesado demais e, se não partimos, seremos esmagados mais dia menos dia. É por essa razão que eu não tenho rancor dele, ele partiu porque não tinha mais ombros para suportar o que o oprimia, e eu deveria agradecê-lo: ele me protegeu.

Há homens que não vão embora e, na maioria das vezes, a coisa piora, piora muito mesmo. No melhor dos casos, é a guerra em casa, no pior é a carnificina, e todos morrem. Meu marido nos poupou, ele partiu com o seu vazio, não fez ninguém pagar por isso, nem a mim, nem aos seus filhos, e é por essa razão também que eu não tenho rancor. Ele nos deixou em vida. Uma vida um pouco confusa, mas uma vida. E é exatamente isso o que eu fiz com Andrieu, eu o deixei respirar, ter medo, e dizer, na manhã seguinte, vencido:

Sylvie, minha querida Sylvie, é preciso ser razoável agora.

Eu não tenho rancor de você.

Não vou dizer nada.

Não vou prestar queixa.

É uma pequena derrapada, eu entendo.

Todos estamos no limite.

Os tempos são difíceis.

Acho que minimizei o problema com você.

Vou me explicar. Você sabe como eu gosto de te explicar as coisas, porque eu sei, também, que você pode compreendê-las, você é inteligente, acima da média, não é?

Sim, eu minimizei.

Eu te conferi uma tarefa que não era agradável de executar, eu sei, agora me arrependo, mas, Sylvie, não veja nisso qualquer má intenção da minha parte, eu nunca quis te fazer mal, você era o meu braço direito, eu tinha tanta confiança em você.

E você não suportou, é isso?
Era muito trabalho para você? Eu entendo completamente.
Sinto muito por isso.
Desculpe.
Mas isso é motivo para você ficar aí, plantada assim na minha frente?
Sylvie, é grave o que está acontecendo desde ontem.
Você sabe?
Com certeza você sabe.
Isso se chama sequestro.
Ainda que eu saiba que você não vai me fazer nada de mal, eu sei que você é uma boa pessoa.
Melhor ainda, eu sei que você tem uma bela alma.
É preciso tomar uma decisão agora. Não podemos continuar assim.
E eu também não vou te fazer mal.
Eu te prometo.
Você vai voltar para casa, dormir um pouco, eu te dou alguns dias, para fazer uma análise, e eu também vou voltar para casa, tranquilamente, vamos nos separar e faremos como se nada tivesse acontecido.
Você manterá o seu cargo.
Vamos colocar isso na conta do cansaço, do excesso de trabalho.
Você sabe, dizem que isso acontece com muita frequência. E então, o tempo vai passar, e tudo voltará ao normal, Sylvie, está bem?
Eu sei que você está de acordo.
Recupere-se, minha pequena, vamos esquecer tudo.
Diga a você que amanhã é um outro dia e os outros dias que seguirão vão apagar esse pequeno momento de fraqueza.

Será o nosso segredo.

Você sabe, além do mais, que eu sempre gostei muito de você.

Em nome de todos esses anos, deixemo-nos em paz, Sylvie.

Eu deixo você partir primeiro, assim você terá certeza da minha boa fé.

Não vou chamar a polícia, nem o seu marido, nem ninguém.

Nenhum funcionário vai saber dessa noite. Jamais.

Você tem a minha palavra, Sylvie, e você sabe bem que eu sou um homem de palavra, eu tenho convicções, desde sempre.

Você me tomou por um homem que eu não sou.

Então, eu voltei para casa.

Era o frio dos lençóis que me parecia estranho, eu estava lá, na minha cama, tinha tirado os meus sapatos, minha saia, guardado minha meia calça, minha camisa, mas ainda assim eu sentia o frio e não entendia por que, tinha colocado o aquecedor no máximo, pegado um cobertor, mas os lençóis permaneciam gelados sobre mim, e ele me penetrava, esse frio, eu me sentia contaminada, estava tomando consciência do que eu havia feito, mas não sentia medo, só o frio.

Tentei dormir sem conseguir, tinha a impressão de que tinha alguém do meu lado, depois em mim, como se com o passar das horas eu começasse a ser substituída por mim mesma; no meio da tarde, eu estava persuadida de que tudo não passava apenas de um sonho ruim, de que eu não tinha visto Victor Andrieu no dia anterior, nem mesmo pela manhã, de que eu iria acordar, era isso, eu dormia, tudo voltaria a ser como antes, como se um quadro tivesse sido colocado sobre a realidade e ele, enfim, perdesse as suas formas e cores para se apagar, desaparecer. Tudo isso devia vir da minha imaginação.

Levantei-me da cama, fui à cozinha, fiz um café, procurei o açúcar sem encontrá-lo, isso me deixou com raiva, abri todas as gavetas, despejei-as, estava cansada de tudo, da casa, do silêncio, de mim. Olhei pela janela, chovia, o céu tinha baixado, nenhuma casa mediana aparecia no meu campo de visão, estava sozinha no mundo com essa nova pessoa que parecia ter tomado posse de mim, estava sozinha com ela no nevoeiro. Foi apenas nesse momento que eu comecei a ter medo, medo de me perder, de não mais me encontrar, de ser substituída por outra, então eu criei uma estratégia: eu me concentrei nas imagens que poderiam me trazer de volta o mais rápido possível à realidade, imagens tranquilizadoras, não pensei nos meus filhos, nem na minha infância, não, eu pensei de imediato nas novelas, sabia que isso ia me acalmar.

 Era fácil, simples, sempre as mesmas histórias, um rapaz bonito, uma moça bonita, o encontro, o amor, o casamento, os segredos de família, a amante que chega, eu adorava isso, estava tão longe de mim e, ao mesmo tempo, tão próximo dos meus sonhos de menina, quando eu pensava que um dia a minha vida seria assim, numa casa com piscina, algumas palmeiras, casada com um cirurgião plástico que acabaria partindo o meu coração, isso teria sido triste, mas muito menos que a Cagex, sem marido, sem vontade, sem desejo. E depois, o que eu gostava nas novelas era a noção de tempo. O tempo que têm as mulheres para se maquiar, se pentear, se vestir, fazer compras, tomar uma bebida. É um tempo elástico, irreal. Eles nunca estão com pressa, enquanto eu, o tempo me domina e acabou vencendo. Sem tempo para mim, pouco para os outros, menos ainda para a verdadeira vida, aquela que enfim termina e que te permite sentir o vento sobre a pele, ouvir o canto dos pássaros quando chega a primavera, o tempo de sonhar, também, com um outro futuro, não melhor, mas apenas diferente.

 Tinha a certeza de que nada mudaria na minha vida, por isso que eu fiz essa estupidez com o Andrieu. Sim, eu me dei conta de que foi uma idiotice, quando estava na cozinha. Eu olhava as gavetas pelo chão, vazias, os talheres, o sal, a pimenta, as ervas, estavam por todo o lado, mas não tinha problema, nada mais seria um problema a partir de agora, eu havia atravessado uma fronteira. Pensei ter ouvido um barulho na sala, mas não tinha ninguém, apenas eu e minha consciência, um pouco suja. O coitado do Andrieu deve ter ficado com muito medo. Não sentia nenhuma culpa por ele, mas pelos meus filhos. Fui dormir novamente, porque era muito deprimente pensar nos meus filhos, eu não tinha nenhum biombo, nenhuma barreira, nada, era isso o mais terrível, nem os meus filhos, nem a vida de antes, minha infância, meus pais que eu perdi, meu irmão, minhas irmãs que vivem tão longe, meu trabalho, a ancoragem, minhas abelhinhas, não havia mais nada pra me reenquadrar, me proteger, eu começava a ter lembranças da noite com o Andrieu, mas não havia mais nada para as encobrir ou reparar. Estava sozinha na minha cama, sentia ainda a outra, a segunda pessoa, mas ela ia se apagando, e estupidamente eu começava sentir falta dele. Digo estupidamente por que não era nada mal pensar que tinha sido a outra que havia feito o que eu fiz, é um bom álibi para o que viria. Eu me enrolei nos lençóis e rezei com todas as minhas forças para que aquilo fosse apenas um sonho ruim. Ouvia a chuva cair sobre o teto e pensei em todos esses anos de trabalho, de crédito, pela empresa, e tinha essa palavra que voltava sem parar, o esforço, era isso com o meu marido, nós fizemos tanto esforço para adquirir um simulacro de liberdade e, de repente, por nada, eu havia perdido tudo. Peguei no sono, era como cair num buraco, eu estava exausta, e cheguei mesmo a pensar que a morte devia se parecer com isso, uma lenta descida a um poço de onde não se volta mais. Achei isso agradável, e disse a mim mesma que não seria tão grave não acordar mais. Não tinha mais medo da morte, tinha medo delas antes, criança ou quando meus filhos eram pequenos, medo de que eles ficassem tristes, entregues a eles próprios, o que me faz pensar que eu não tinha inteira confiança no meu homem, ainda que eu o considerasse sério, robusto, mas havia algo que eu não devia sentir, e o futuro me deu razão, porque ele partiu sem demora, era muito fácil pra ele dizer *eu vou embora*, ele deve ter repetido essa frase um milhão de vezes antes de ter a coragem de pronunciá-la em voz alta, na minha frente, eu compreendo, ou eu posso compreendê-lo, mas ele era um bom ator, perfeito, os olhos nos olhos, ele não hesitou, *eu vou embora*, tão bonito, fez até eu parecer bonita e corajosa, eu não chorei, não gritei, além do mais, detesto as mulheres que gritam, fiz como se não tivesse sido nada, sem crise, nós tínhamos feito a nossa encenação, ainda que pra mim aquilo fosse uma grande estreia, ao contrário dele, que havia com certeza encenado tantas vezes sozinho na sua mente ou em frente ao espelho do banheiro. Então não, hoje, eu não tenho medo da morte, meus filhos são maiores, eles vão saber se virar, já estão acostumados com a queda, sei que eles deixaram suas marcas, como dizem, na casa do pai deles, eles não ficarão perdidos sem mim, eu vou fazer falta para eles no início, e depois o tempo vai arranjando as coisas. Não digo que eu queira morrer, de jeito nenhum, mas se isso tivesse acontecido durante o meu sono desse dia de novembro, eu teria aceitado, teria me deixado ir até o fundo do poço, sem lutar contra.

Foi a campainha que me acordou à noite, mas eu não me mexi, pensando que estava sonhando, como uma campainha na minha cabeça que dizia: não, Sylvie, ainda não é o momento, não desça ainda ao fundo do poço, volte, a neve está chegando, e você adora quando ela se acumula no telhado. E depois, houve batidas na porta, acho que eram leves no início, mas não tenho certeza de nada, eu dormia pesado, e quando eles ficaram mais insistentes, eu compreendi que estava acontecendo alguma coisa. Ninguém escapa do temporal, ninguém é inocente. É rara a inocência. Parece-me que só o fato de estarmos vivos já nos torna culpados. Foi nisso que eu pensei quando as batidas se intensificaram. Eles bem que poderiam me colocar algemas, estava exausta de estar em liberdade condicional por tanto tempo: desde a violência da qual eu vou falar mais tarde, mas ainda é cedo, agora eu não posso.

Não suportava mais esse barulho na porta, eu queria gritar, quem poderia me incomodar dessa maneira? Tinha uma leve ideia, mas isso não diminuía em nada a minha raiva de ser obrigada a subir do meu poço, lá onde nada podia me acontecer, onde eu estava em paz.

Coloquei a minha saia de volta e abri a porta. Dois homens me perguntaram se eu me chamava Sylvie Meyer. Não respondi de imediato porque pensei em Andrieu e disse a mim mesma que ele continuava sendo um belo de um bosta; ainda que eu tenha feito algo errado, ele havia me prometido não dizer nada, e principalmente não prestar queixa, em nome do nosso passado, até parece. Disse a mim mesma que todos os homens são uns frouxos e sem palavra. Assim que chegou em casa, ele deve ter refeito o filme na cabeça, pensado no pior, que não aconteceu, mas a imaginação é rápida nesses casos. E eu acredito que ele se sentiu humilhado: de ter ficado de joelhos diante de uma mulher, na sua empresa, no seu escritório, lá onde outrora ele reinava, eu tinha saqueado tudo, sequestrando-o por uma noite inteira com uma infeliz bolsa que continha uma infeliz faca, mas, acima de tudo, é isso o que mais deve tê-lo feito tremer: meu silêncio. Assim que chegou em casa, ele entrou em pânico, ao passo que nada havia acontecido, nada de grave em todo o caso. Então, ele quis se vingar. Pela primeira, vez uma mulher resistiu a ele, impossível para ele deixar por isso mesmo. Andrieu, então, avisou à polícia.

 Os dois homens que estavam diante de mim não pareciam policiais, quero dizer com isso que eles não estavam com as roupas que conhecemos, nem quepe, nem uniforme, sem armas também, pelo menos sem armas aparentes. Um dos dois tinha uma pasta cartão com papéis no interior, eu reparei porque ela me fez pensar nas pastas que o meu pai usava para organizar os papéis que ele considerava importantes, as contas, principalmente, eu acho. Elas eram bege com um cordão bicolor, branco e vermelho que se fechavam por um laço em formato de serra, eu sei que é estranho de se lembrar desses detalhes, mas isso me saltou aos olhos quando eu os fiz entrar na cozinha, a pasta cartão, aquela do meu pai, da minha infância: "a pasta dos problemas", minha mãe tinha o costume de dizer. Eu tinha problemas e, pela cara dos dois rapazes, eu os teria ainda bem mais sérios, era certo. Não sentia nem vergonha, nem medo, nem culpa. Sentimos sempre um dos três sentimentos, é a vida, o lote comum a todos nós, pobres seres humanos que somos, mas ali, nada, era a linha, o encefalograma reto. Nada. Eu me sentia libertada, pela primeira vez acontecia alguma coisa, suficientemente dura, é certo, principalmente para os meus filhos, porque era neles que eu pensava, não no meu marido, não em mim, não na minha reputação em relação aos vizinhos ou às minhas abelhas, não, eu pensava nos meus filhos porque é duro de ter uma mãe que descarrilha, eu pensava neles, sem mais.

 Eles entraram na cozinha, eu perguntei: vocês querem um café? Eles aceitaram, o que eu acho um pouco demais, pensando bem, mas eu sou educada. Eu só queria uma coisa, porque eu sabia que eles iam me levar, que era escose afrontam, se amam, se detestam e se afrontam ainda mais. Nesse veículo, eu me perguntei: quem tinha razão e quem estava errado? Victor Andrieu, meu marido, eles não representavam todos os homens, minhas abelhas adoradas, eu, também não representávamos todas as mulheres, nós éramos pequenas gotinhas que compõem uma nuvem, que depois caem com o temporal e desaparecem na terra, absorvidas. E os dois policiais, de súbito, à minha frente, dirigindo durante a noite, mudaram a situação. Eu me sentia bem com eles, a despeito das circunstâncias que nos reuniam. Eu continuava sem medo, ia em direção ao meu destino, ele não seria feliz, eu sabia, pressentia, mas ele fecharia os últimos meses que eu poderia comparar a meses de apagamento. Eu não era mais a mesma, depois da partida do meu marido, com essa solidão que eu relutei em reconhecer, em acolher, me atolando de trabalho, obedecendo ao Andrieu, para descarregar a raiva pelos outros que eu sentia dentro de mim. Uma atitude que era o inverso da minha personalidade. Eu o detestava, de verdade, e por isso não me arrependia de meu gesto, e não queria me defender, muito pelo contrário, queria apenas dizer a verdade, e pior ainda, queria dizer que eu me arrependia de não ter ido ainda mais longe. Ele merecia uma punição mais severa, e eu não tinha nada a perder. Estava chateada pelos meus filhos, é tudo, pela nossa reputação, sabia que me fariam passar por louca, eu não sentia mais vergonha, mas um desconforto pelos meus filhos, é degradante ter uma mãe louca, e angustiante, porque não temos mais certeza de seu amor, da história que tivemos com ela. Eu não era louca, mas sabia que os meus filhos escolheriam essa versão para se reconstruírem. Além disso, estava fora de questão me esconder atrás da loucura. Meu ato tinha sido um ato responsável, eu vingava os trabalhadores de alguns patrões e estava orgulhosa. As pessoas podiam pensar que isso era um pouco clichê, isso não era importante para mim: tudo era uma questão de equilíbrio. Eu restabelecia as forças, massacrando aqueles que tanto usaram da sua para diminuir os que já são enfraquecidos. Não era uma justiceira, mas me sentia investida de uma missão, pouco importava o seu fim, pela primeira vez fui levada, projetada em direção ao futuro.

A viagem foi longa, e eu percebi que nós íamos na direção de uma grande cidade, com certeza Bordeaux. Fechei os olhos, tínhamos deixado a nacional e os campos engolidos pela noite para nos lançarmos na autoestrada. Parecia-me que o veículo rodava perto demais das barreiras de segurança, e várias vezes desejei em segredo que um acidente acontecesse: no fim das contas, não havia muito a esperar da vida, eu iria perder o meu trabalho, minha liberdade, alguns meses, alguns anos, eu não me dava conta do nível de gravidade dos meus gestos, mas, conhecendo Andrieu, ele interviria para me riscar fora do baralho de uma vez por todas. Morrer com dois desconhecidos me parecia uma ideia romântica, como nas novelas onde o amor caminha ao lado da tragédia, para dar-lhe um aspecto miraculoso e único. O que ele havia sido para mim. Miraculoso e único. Único e miraculoso.

Eu não esperava pelo meu marido, ele também não esperava por mim, nós havíamos conhecido uma felicidade discreta, mas para mim, isso correspondia a um milagre. Não é fácil encontrar um homem para você, todo seu, com quem percorrerá um longo caminho sem duvidar, sem fazer perguntas. Quando pensamos nisso, é muito complicado de se permitir, de confiar. Eu não sei se fomos feitos para viver a dois, mas eu gostava dessa vida com o meu marido, apesar de tudo. Com o tempo, não vemos nada, é quando perdemos que percebemos isso. Depois que meu marido partiu, a violência da qual eu ainda não posso falar voltou, de forma intermitente. E ela voltou grande, forte, imunda, de forma mais contínua, ainda mais forte, grande, imunda, porque eu a negava. As coisas que não queremos ver, ou admitir, crescem pelas nossas costas. É assim. E essa violência, eu poderia compará-la a uma fogueira gigante de tanto que ela tomava espaço, de tanto que ela me sufocava, mas eu não queria vê-la, e eu tanto não a vi que ela continuou a sugar as reservas de água e de força da terra: quer dizer, de mim. Eu queria ser absolutamente perfeita, inquestionável. Preciso ser punida, não pelo meu gesto, eu já disse, não me arrependo dele e se tivesse que refazê-lo, eu recomeçaria com ainda mais força, mais organização. Preciso ser punida por ter negado a violência, pois por causa disso, da negação, eu neguei a mim mesma e neguei o milagre, o amor, o que o meu marido tinha por mim e o que eu lhe dei, sem medida.

Quando eu era criança, minha mãe lia para mim a seção das notícias gerais e depois o obituário do dia. Em relação às notícias gerais, ela dizia que era importante saber como, às vezes, os homens podiam ser loucos, e que era preciso se proteger ou pelo menos ser vigilante, na rua, nos rios, saindo do colégio também porque os tarados rodeavam sobretudo o entorno das escolas, era a sua obsessão. Ela dizia também que estar consciente da infelicidade dos outros iluminava a sua vida, que isso forçava a não reclamar demais, a se contentar com o que tem, ainda que não fosse o paraíso, havia pessoas que conheciam o inferno sobre a terra e isso, por respeito, não se deve jamais esquecer. Na seção de obituários, ela procurava velhos conhecidos, e eu suspeitava que ela ficava decepcionada quando nenhum dos nomes que apareciam ali a lembrava de um amigo, uma família que ela havia frequentado. De todo o modo, ela verificava. Ela também fazia listas, como eu na Cagex. Seus viveiros eram bem cheios e quando eles se esvaziavam, ela ligava a televisão para ver as aventuras do comissário Maigret. Eu chegava a pensar que a minha mãe era um enigma, que eu nunca a conheceria verdadeiramente: por esse motivo, eu me parecia com ela.

No veículo, com os dois policiais, era idiota, mas sim, eu me senti protegida. Tinha me transformado em alguém importante, estavam me transportando, tomando conta de mim. Eles até colocaram a música em uma parte da viagem, era suave como as músicas dos elevadores ou dos supermercados, um tipo de melodia que a gente conhece sem conhecer, sem palavras, uma canção de ninar para as crianças velhas como eu porque, no fim das contas, eu fiz uma besteira de criança, tinha relegado o meu cérebro de mulher adulta a um canto perdido e havia agido como uma menininha que está com raiva do seu pai, só que eu nunca tive raiva do meu pai, nunca, mas sim de um homem em particular, sim, é verdade, desse aí eu não estou nem perto de me esquecer, mas ainda não posso falar, não, ainda não.

Então, eu estava bem dentro desse carro, com a música, tinha em mente imagens do verão quando era pequena, a praça do mercado, vazia, as cortinas fechadas à tarde por causa do calor, a tabacaria que enchia por volta das 19h, as famílias, os amigos, as crianças, os bêbados das redondezas que se misturavam numa alegria simples, mas muito real, o tempo parecia ter parado, e mesmo que os meus pais não se amassem mais, eu gostava de vê-los rir e discutir com os outros que talvez não se amassem mais também, mas todo mundo fingia, como uma forma de cortesia. Uma cortesia por toda a vida. É tão preciosa a vida, temos tendência a esquecer, a partir do momento em que estamos vivos, que acordamos todas as manhãs, que fazemos o que temos que fazer, ainda que isso pese em nós, mesmo que seja sempre a mesma coisa, é preciso estar feliz com esses hábitos, por todas essas células que se movimentam dentro de nós, que fazem com que a gente exista. É idiota, eu sei, mas, às vezes, esquecemos. É cansativo viver, mas é também a coisa mais sublime do mundo, e não temos o direito de perder isso de vista; eu fiz isso, não posso dizer que me arrependo porque, de um certo modo, estou orgulhosa de ter tripudiado do pobre Andrieu, mas uma vida vai fechar, é certo, e minhas células vão sentir e vão se vingar, é normal, eu as traí, elas me carregavam e eu ultrapassei o limite. Não digo que eu vá morrer, acabou a pena de morte na França, e o que eu fiz não merece a pena capital, mas eu sei que quebrei o processo da vida, pelo menos da vida normal. E o entendi ainda mais quando deixamos a autoestrada na saída em direção a Bordeaux. Tudo mudou, foi como nos filmes americanos. Um dos policiais, o que não dirigia, desligou o rádio, acendeu um cigarro, abaixou os vidros. Algo havia mudado. Eu olhava suas nucas, bem aparadas, seus ombros largos, se eu fosse mais jovem, poderia pensar, acreditar, ter medo de que eles parassem o veículo, me obrigassem a descer para me foder bem rapidinho em uma vala, para se esvaziarem dos seus dias, daquela estrada tão longa, mas eu não tinha mais idade de provocar esses deslizes.

O policial que fumava se virou para mim e disse: *você está na merda, tem consciência disso?* Eu não respondi, claro que eu tinha consciência. Depois, ele completou: *nós tratamos bem a senhora, porra, a senhora poderia estar algemada.* Continuei sem dizer nada, as algemas, eu as tinha há muito tempo, às vezes no pulso, às vezes no pescoço, prendendo o meu coração que já não batia como antes. Depois, os dois ficaram nervosos por causa da estrada, do acesso que não era para pegar, da zona industrial que agora era preciso atravessar. O banco do veículo, de repente, me parecia muito estreito para o que eu transportava em mim: a dor que eu sentia, a que eu ia causar em meus filhos. Ela era infinita, essa dor, eu tinha vontade de chorar, mas a gente não chora na frente de quem não conhece. Depois, o mesmo policial disse: *você quer um cigarro, o último, como os condenados?* E eles riram. Eu sei que eles me tomavam por uma pobre coitada. Porque eu era mulher. Porque tinha a minha idade. Porque eles tinham o poder. Eu continuava sem dizer nada. Poderia ter respondido, me defendido, mas não, nada. Eles não eram grande coisa para mim, apenas dois rapazes que faziam o trabalho deles, enquanto teriam preferido estar entre as pernas das putas deles, porque esses caras não tinham esposas, eles tinham putas.

Quanto mais nos aproximávamos da cidade, mais eles incorporavam seus papéis. Não tinha medo, eu os desprezava. Porque nós, as mulheres, temos a força de desprezar o poder dos homens sobre nós. Além do mais, é nossa única força, porque sejamos francas, não importa o quando agitamos as coisas em todas as direções, eles continuarão os mestres e nós continuaremos abaixo; não na cabeça, claro, mas fisicamente. Essa é a grande infelicidade das mulheres: a vulnerabilidade. Permaneceremos sempre sob os corpos dos homens. Eles terão sempre a última palavra. Um homem nunca tem medo, quando eu digo medo, eu falo do grande medo, aquele que não nos deixa, nós, as mulheres, desde a infância: o medo do estupro. O medo dessa sujeira. Ela está na nossa história de mulheres. Ela nos une umas às outras, não importa o país, o meio social. As mulheres são irmãs pelo medo do estupro. É triste, mas é assim. Nós estamos abertas, eles estão armados. Nós somos vulneráveis, eles são poderosos. É por essa razão que o mundo continuará sendo governado pelos homens e pelo medo que eles provocam. E isso não está perto de mudar. Porque as mulheres estão menos vigilantes que antes. Elas parecem ter desistido. O medo se transformou em algo mais forte que tudo. Eu não tenho medo por Andrieu, mas ainda assim ele terá vencido. Eu amo meus filhos, fui feliz de ter meninos porque eu dizia a mim mesma que os ensinaria o respeito, a gentileza, a doçura, eu tentei fazê-lo, mas no fim das contas eu não sei como eles se comportarão mais tarde e, ainda que eu os tenha amado, a correlação de forças é desigual. O sofrimento nos integra, eu disse a eles, mas eles não sabem nada disso. E sempre seremos umas coisinhas à mercê do primeiro canalha que passa. É assim, é preciso aceitar, mas eu não aceito. Nesse caso específico, eu detesto a natureza. Detesto o que ela impõe. Falamos sobre a ordem da natureza, mas eu a acho bastante desordenada, a natureza. Falta alguma coisa para nós, as mulheres. Seria necessária uma defesa. Alguma coisa no corpo igual ao sexo deles, a esse poder. Que nos daria, enfim, a confiança e então o poder. Os homens governam o mundo porque eles não têm medo. Eles têm asas, enquanto nós pisoteamos a lama. Eu penso frequentemente nas minhas abelhinhas. Tenho medo por elas. As mulheres nunca dizem nada sobre a violência, elas raramente se defendem. E eu sou como elas. Não dizer nada, carregar o fardo, se calar e, então, um dia, tudo destruir, como eu fiz.

Eu amava o meu marido, mas creio que odeio os homens. E mais ainda, odeio os homens que fazem mal às mulheres. E me regozijo de ter feito Andrieu tremer de medo. Ele pagou pelos outros. Não durou muito tempo, mas isso existe. Então, o policial poderia me oferecer o cigarro dos condenados, me maltratar, tudo fluía sobre mim. Eu me sentia viva, na vida, porque por um pequeno lapso de tempo, o tempo do sequestro, eu escolhi a minha vida: finalmente, era eu a estupradora.

Dentro do carro, eu pensei na minha mãe e disse a mim mesma que eu não sabia nada da sua vida, da sua vida de verdade, a vida com o meu pai, do que ela sentia por nós. Acho que ela era infeliz, mas ela foi levando, como minha pedra no sapato. Ela continuou a caminhar, a nos criar. Ela permaneceu com o meu pai, porque naquela época, não se divorciava. Ela seguiu o seu pequeno caminho obrigatório, sem retorno, cumpriu suas tarefas, seus deveres de mulher, depois se foi sem ter beijado, sem ter conhecido a loucura do amor, a que nos faz atravessar o país inteiro para se juntar ao outro. A que faz tremer o ventre, as mãos. A que vemos nos filmes e que deve existir em algum lugar, uma vez que uma história se inspira necessariamente na realidade.

Subitamente, tudo ficou tão claro na noite. Era a cidade, a grande cidade, Bordeaux, acabou a estrada, acabou a nacional, acabou minha pequena cidade, minha cozinha e minhas xícaras de café, minha cama, meus lençóis frios, acabou as manhãs com Andrieu, os dias parecidos, minha vidinha de mulher de cinquenta anos, divorciada como tantas outras. Eu era tão banal, eu sabia, eu sempre soube. Eu me acomodei. Não havia nenhum ciúme em mim, nenhum. Eu nunca invejei ninguém. Minha banalidade, eu a aceitava. Havia piores que eu, que nós, sempre há piores.

As luzes chegavam até as minhas pernas, no veículo, e eu me senti mais encarnada que de costume. Tudo se abria, quando na verdade eles iam me prender. Tudo brilhava. Era essa a verdade, eu via a luz por toda a parte, porque eu iria enfim poder encarar de frente o meu segredo, talvez aceitá-lo, adquirir plena consciência, banhar-me nele como num oceano, beber sua água e me sentir lavada de uma vez por todas.

Quando nós paramos, eu disse a mim mesma que havíamos chegado à delegacia, ainda que o prédio fosse neutro, sem inscrição. O policial que fumava abriu a porta e pegou o meu braço de forma brutal. Bati a cabeça contra a porta, não me fez mal, ao menos não senti dor alguma. O outro, o que não fumava, o condutor, me empurrou em direção à porta do estabelecimento, ele parecia exausto. Ele me deu um chute na bunda para que eu andasse mais rápido, eu quase caí. O outro disse: *vai com calma, velha*. Eu me senti entre dois cachorros. Era isso, eu era uma cadela entre dois cachorros. Só que os cachorros não são assim. Não como eles. Mas eu me sentia como uma cadela mesmo, no sentido em que eu era a mais verdadeira, a mais dócil do mundo. E isso me fazia bem, por um momento, eu relaxava, não me controlava mais e era muito agradável de ser, enfim, eu mesma. Eles acharam que eu era louca? Eu seria louca, para agradá-los. Eles me julgavam muito velha para me foder? Eu assumia tudo, minhas rugas, meu ventre, meus joelhos, meus cotovelos, minhas mãos, essa pele cheia de dobras, não apenas no rosto, o pescoço, o peito, ela tem dobras nos lugares que a gente nem pensa, e são as piores. Eu assumo. Estou me lixando. Digo sem nenhuma afetação, é a verdade. A juventude é o olhar, o sorriso, o elã. Eu tenho tudo isso, apesar das rugas, eu ainda tenho tanta energia e vou cedê-la a eles, com prazer, porque a vida do lado de fora não me interessa mais. Vou me entregar, sem protestar, e eles podem me estapear, me chutar, não direi nada, não discutirei, tomarei a sua violência como uma carícia: eles vão finalmente cuidar do meu corpo. O desejo nunca está muito longe da violência. É horrível, mas é assim. Quando nos batem, somos tocados, e é da pele que se trata. Então, eu estava pronta a receber tudo.

Estramos em uma sala pequena, as paredes eram de um branco sujo. Eles me jogaram numa cadeira. Eu estava à mercê e tirava disso uma certa satisfação. De não reclamar. De não me defender. Era uma forma de desprezo. Eles tomaram a minha bolsa, esvaziaram-na em cima da mesa, assim, sem procurar nada, somente para me desestabilizar. Depois, um deles tirou um saquinho de plástico de uma gaveta para colocar o meu celular, minhas chaves e minha carteira. Ele deixou o meu batom, uma pequena escova de cabelos, meu blush e o pincel que vem junto, duas cartas, um recibo da lavanderia. Eu não tinha mais o que fazer com as minhas chaves de casa, do carro, meu cartão de crédito, os poucos euros que a minha carteira devia conter, e eu não queria ligar para ninguém. Eu queria ficar ali, nessa nova casa, assustadora, mas menos que a minha, que não me pertencia mais. Eu não era mais Sylvie Meyer e não queria voltar a ser. Uma página se virava, e eu me sentia bem. Eles me pediram, novamente, para confirmar a minha identidade, o que eu havia feito, eles colheram as minhas digitais esmagando os meus dedos para me fazer compreender que eram eles que faziam as leis e não eu. Eu não tinha mais medo, eles sabiam, isso os deixava ainda mais nervosos. Em seguida, nós deixamos a sala, seguimos por um corredor bastante longo que me parecia cada vez mais estreito, foi aí que eu me lembrei de que fazia muito tempo que eu não me alimentava, não disse nada, não queria pedir nada para eles. O mais bruto deles me pegou pela cintura e me empurrou atrás de uma porta deslizante, de vidro, com duas trancas que diziam: *você tem a noite, talvez até mais, para refletir, idiota.*

Eu voltei para o fundo do poço. Sentia-me melhor. Caí no sono.

var os meus dentes. Havia muito tempo que eu não o tinha feito por causa do Andrieu, e eu sou uma mulher limpa. Para poder falar, é importante sentir os dentes limpos. De resto, o corpo, as axilas, o sexo, eu me sentia impecável, mas não os dentes. E se eu não sentisse os meus dentes limpos, sabia que as minhas palavras também não o seriam, que os dois homens não me compreenderiam.

Eles se sentaram, tomaram o seu café, eu fui ao banheiro, rapidinho, e escovei os dentes para dizer toda a verdade, ainda que eu soubesse que era o fim para mim porque Andrieu deve ter exagerado. Era tão fácil de me encurralar, uma mulher sozinha, dois filhos, sem marido, sobrecarregada de trabalho: eu era culpada.

Voltei à cozinha, eu podia enfim falar, principalmente responder, até por que eles só me faziam perguntas: idade, profissão etc. e depois eles me perguntaram se eu tinha um advogado, e foi aí que eu entendi que eram verdadeiramente policiais, que eu deveria explicar, contar, me defender, mas me defender de que exatamente? Não sei nem mais quem eu sou, então explicar por que eu fui à Cagex no fim da tarde para sequestrar o Andrieu, isso me ultrapassava, como um voo de andorinhas acima da minha cabeça, não, pior, como um avião supersônico que a gente ouve sem nunca o ver. Eu não tinha a menor ideia de qual era a minha intenção, porque era essa a palavra que voltava sem parar na minha cozinha: quais eram as suas intenções, senhora Meyer? Tinha vontade de dizer que eu não era mais senhora Meyer, que eu tinha mantido o meu sobrenome pelos meus filhos e por nostalgia e, talvez, por amor também. Sim, eu ainda amava o meu marido.

Eles não eram ameaçadores, também não eram gentis, neutros, o que eu não consigo entender, porque nós nunca somos neutros na vida, sempre somos atravessados pelos sentimentos, é impossível ser neutro mesmo quando se é policial, sempre tem alguma coisa que acontece, e uma coisa aconteceu: eles me olhavam de uma forma bizarra, deviam sentir a coisa que eu sentia, uma coisa que não era insignificante, na verdade era terrível: cheirava ao fim de uma vida e ao começo de uma outra. E o mais estranho é que nós sabíamos todos os três que esse começo de uma outra vida tinha em si alguma coisa de formidável. Era a novidade, ainda que essa novidade fosse difícil, mas eles sentiam que para mim seria melhor que a minha vida atual. Pelo menos, alguma coisa me acontecia. Alguma coisa que eu tinha provocado, a onda de choque, eu tinha jogado uma pedra sobre o mar calmo e as ondas não paravam de crescer até colidirem na direção das margens, até então invisíveis, desconhecidas.

Eles me perguntaram se eu gostaria de ligar para alguém. Não queria ligar para ninguém. Do lado de fora, a noite havia tomado tudo, nenhuma luz a mais, nenhum carro, nada, parecia que toda a cidade sabia sobre mim e que, por educação, evitava cruzar o meu caminho. Então, o telefone começou a tocar, os dois policiais me olharam, eu não queria atender, sabia que era o meu marido, o meu homem, aquele que havia me amado, depois deixado de me amar e eu pensei no rio no verão, no sol que passa pela peneira das folhas, nas árvores que protegem, nas risadas das crianças que parecem encontrar o vento mais acima, aquele que move as nuvens e nos faz acreditar numa vida melhor. Não atendi o telefone, arrumei as minhas coisas e os segui.

Nós rodamos por um bom tempo, eu estava sentada no banco de trás do carro, sozinha, o policial que dirigia tomou o cuidado de acionar o fechamento automático das portas, temendo talvez que eu fugisse. Nós rodamos em direção a Sarlat, ou Bordeaux, ou Paris, como saber, eu não via nenhuma placa na estrada, apenas os campos que eu imaginava durante a noite. Eu não teria fugido, eles se enganavam. Eu me sentia bem naquele veículo. Parecia que, por uma vez, eu estava no meu lugar, ou, em todo o caso, que eu ocupava o lugar que merecia: o de uma mulher que havia feito uma grande besteira, mas que vingava todas as outras, essas que trabalham sem descanso e que, a cada noite, encontram a violência: um marido ausente, filhos muito barulhentos, a solidão. Eu já disse, é sempre mais difícil para as mulheres do que para os homens. Não quero te fazer chorar, mas é a verdade. Também é por essa razão que, com o tempo, nós ficamos mais fortes. Os golpes tornam a nossa pele mais resistente. Uma película se forma e nada pode rompê-la. Então não, é claro que não, eu não iria fugir, eu estava bem, no banco de trás. Fechei os olhos e isso me lembrou a minha infância, no banco de trás do veículo, quando meu pai dirigia, voltando de um banho de rio ou de uma caminhada na floresta, era agradável, silencioso, minha mãe ficava com os seus pensamentos, meu pai tinha uma das mãos ao volante, a outra do lado de fora do vidro abaixado, segurando o seu cigarro que se deixava consumir, por reflexo, pelo tédio também, perdido nos seus pensamentos. Eles não se amavam mais, eu sabia, mas eles faziam de tudo para que isso não fosse visto, o que significava que eles amavam mais seus filhos que a si mesmos. Isso me tranquilizava, eu dizia a mim mesma, ao menos por uma vez na minha vida alguém tomava conta de mim. Era uma mentira, mas ela era bonita, essa mentira. Em todo o caso, eu tinha toda a serenidade de achá-la bonita, e isso me fazia bem porque eu gostava do esforço dos meus pais de fazer de conta, de criar uma imagem de amor, de família, ainda que isso fosse falso, ela existia e isso era o mais importante: que ela exista.

Eu tinha uma imagem da felicidade falsa, mas que estava lá, como uma árvore que cresce na areia, sem água, e que um dia dará outros galhos: nesse instante preciso, eu não tive mais medo da morte. E eu sei que é estranho, mas, com os dois policiais, eu tive esse sentimento: não temia mais a morte, no entanto, sentia fortemente essa sensação de morte, mas eu estava escoltada e nada mais podia me acontecer, eles estavam contra mim, é verdade, mas a presença deles me transmitia um sentimento de segurança: eu tinha me tornado alguém que importa. E eu preenchia o buraco na cama, a sombra do meu marido. Ele havia voltado, com esses dois homens. É estranha a masculinidade. Não sabemos nada sobre ela, nós mulheres. As revistas femininas que eu leio no salão de beleza pensam ter todas as respostas sobre os homens, mas é completamente falso. Os homens são mais misteriosos que as mulheres, e nunca vamos saber nada de seu funcionamento, de sua construção, de suas recusas também. Disse que eles tinham a força, e é verdade, eu penso isso de verdade, mas eu sei que eles também não têm muita escolha, faz parte da história deles, como o sofrimento para a nossa. Na verdade, isso é uma grande mentira, uma má distribuição das cartas, cada um de seu lado, os homens e as mulheres

É o barulho das trancas da porta da cela que me acordou. Era um outro policial, que eu nunca vi, que me lançou: *a detenção provisória foi prolongada, a lei nos permite. Vamos te trazer uma bebida e um sanduíche, está bom?* Não respondi, ou não, acho que fiz que sim com a cabeça, pois estava com muita sede, ainda sem fome, mas com muita sede. Pensei nos meus filhos, no meu marido, disse a mim mesma que à essa altura eles já deviam estar sabendo, e senti alguma coisa se rachar em mim, como se tivessem atirado uma pedra contra um vidro que se racha antes de quebrar.

Quando ele abriu a cela, não me atingiu imediatamente, mas eu me senti oprimida, e isso não teve nada a ver com o fato de eu estar presa. Estava bem onde eu estava. Estava sendo cuidada, ou, em todo o caso eu viria a ser. Não tinha mais nada para gerenciar. Era tranquilizante, estranho, mas tranquilizante. E então, houve essa opressão, quando o policial entrou para falar comigo. E depois ela voltou, ainda mais forte, quando ele me deu a garrafa de água e o sanduíche. Ele estava de pé, na minha frente. Ele me olhou, sem dizer nada e depois fechou a porta, as trancas. E eu me sentia ainda mais oprimida, mas uma vez mais, não era pelo fato de estar presa. Rapidamente, eu entendi e juntei os fatos, não sou burra. Era o seu cheiro que me sufocava. Eu conhecia muito bem aquele cheiro, ele me perseguiu por muito tempo, ainda que eu tivesse me lavado naquela noite, esfregado a minha pele, ele tinha permanecido sobre mim, em mim. Um cheiro forte, de suor, e é preciso dizer que nem todos os homens o têm. Mas ele, o policial o tinha, como o Outro. O Outro.

 É o momento de falar sobre a violência. Estou pronta. Tenho as palavras, a força. Não tenho mais nada a perder. A violência que eu conheci, que me ensinaram, que eu tentei esquecer sem conseguir, é sobre isso que eu vou falar agora. É por causa dela que eu perdi tudo. Ela estava oculta em mim e ressurgiu com Andrieu. Era preciso, um dia ou outro, que eu me vingasse. Essa violência tem uma história. Não é a mais bonita das minhas histórias, mas continua sendo a maior, pois levou tudo com ela.

 Desde a minha mais tenra juventude, adquiri o hábito de ir ao rio a alguns quilômetros da nossa casa. No início, era com os meus pais, meu irmão, minhas irmãs. Nós íamos para a parte reservada às famílias. Aliás, não era exatamente reservada, mas todas as famílias se encontravam ali pela tranquilidade. Tinha uma parte mais secreta, que me fazia sonhar, mas era proibida, pois se dizia que ali aconteciam coisas que uma criança não tinha idade para assistir. Eu não entendi de cara do que se tratava, para dizer a verdade eu era bastante inocente, mas o lugar me atraía.

 Eu imaginava todo o tipo de histórias, de monstros e de fadas, nunca de homens e mulheres que poderiam se encontrar ali. Tínhamos um limite para não ultrapassar. Nós não o ultrapassávamos. Alguns metros em torno do rio, não mais que isso. Nossos domingos à beira do rio se pareciam com todos os domingos em família, a não ser pelo fato de que eu sabia que os meus pais não se entendiam mais e, como eu já disse, achava comovente que eles fizessem de conta. O amor não era eterno, o casamento nem sempre mantinha as suas promessas. Meus pais continuavam juntos, não demonstravam nada, e além do mais, eu não os culpo por isso. Eles deviam ter demonstrado, dito, chorado na nossa frente. Eu teria tido as armas para lutar e manter meu marido. A mentira é a pior das coisas. É uma coisa que persegue, mesmo sabendo que não é bom, nós repetimos. Eu nada mais fiz do que repetir. Eu menti tanto. É por isso que eu estou aqui hoje.

    O rio era bonito. Eu ia pescar com o meu pai, nada mordia nossa isca, havia tanto barulho à nossa volta, mas o meu pai tinha as palavras certas, ele dizia que as coisas acontecem quando somos calmos e pacientes, e que eu era uma garotinha muito nervosa que fazia os peixes fugirem. Eu acreditava nele, mas não era a minha impaciência e o meu nervosismo que faziam os peixes fugir. O rio estava vazio, e um dia eu iria enchê-lo com as minhas lágrimas. Às vezes, nós ficávamos ali até o cair da noite, quando fazia muito calor para voltar para casa. Eu adorava esses momentos. A felicidade existia, apesar das mentiras dos meus pais, por causa dos pinhos assados, da luz dos churrasquinhos que se iluminavam uns após os outros como fogos de alegria, as risadas das crianças animadas e dos adultos que bebiam, enfim, conversavam, porque a noite reúne, nós sabemos. Tudo parecia tão calmo, e ainda que o rio não tivesse peixes, ele corria tão perto de nós com esse barulho tão característico, que nos faz pensar, às vezes, que a natureza zela por nós. Eu detestava quando nós tínhamos que partir, atravessar a floresta, acreditava que nós ultrapassávamos o limite que nos separava dos monstros e das fadas. Mas nada acontecia. E como nada acontecia, eu sempre acreditei que o rio me protegeria, mesmo quando voltei ali, mais tarde, no verão dos meus quinze anos, sem os meus pais. Nós éramos um grupo de amigos do colégio e das cidades vizinhas, a cada verão uma menina ou um menino se juntava a nós. Nosso grupo aumentava de tamanho e era seguro, nós formávamos uma tribo. Todos acabavam se beijando, meninas e meninos, às vezes meninas e meninos juntos, mas isso não chocava ninguém e era apenas os nossos sentimentos que circulavam. Nós éramos livres.

    Nesse verão, houve uma espécie de aceleração. Sim, eu posso chamar assim. Estava mais quente, mais pesado que o normal. O desejo estava em toda a parte, preenchia tudo, era obsessivo, quase fazia mal. Nós íamos cedo para o rio, para o lugar onde não se devia ir. Não havia nem monstro, nem fada, apenas nós, ajoelhados sobre as pedras, para nos beijarmos. Alguns faziam sexo, eu não, eu não queria, eu apenas beijava e voltava para casa com os joelhos feridos. Então, eu retornava, no dia seguinte, não buscava nada, não encontrava nada, vivia a minha juventude e estava bom. Sentir uma língua sobre a minha língua. Um ventre contra o meu ventre. E era bom de se controlar, também. Eu acreditava nas princesas sem acreditar verdadeiramente nos príncipes encantados, queria preservar a minha pureza, não por convicção religiosa, nós não a tínhamos em casa, além do mais, às vezes, ela me fazia falta. Nós éramos muito ligados à terra, mais exatamente ao desespero da terra, mas talvez para provar a mim mesma que os meus pais estavam errados, que eles se enganavam. Eu acreditava na felicidade. Acreditava tanto nela. Sentia-me mais forte que a vida e, sobretudo, mais forte que o esforço de viver. Sim, a vida é um esforço, o cotidiano, os hábitos, o tédio que se instala e não queremos ver, reconhecer e que acaba sempre ganhando. É um sanguessuga esse tédio. Ele suga tudo e nem nos damos conta, até o dia em que ele se joga na nossa cara, e aí é tarde demais, não podemos mais dar a volta no carrossel na direção contrária porque o carrossel não funciona mais, e mesmo se ele ainda funcionasse, nós perdermos o ticket e não temos mais direito a uma última volta porque o guichê está fechado para sempre.

Naquele verão, o dos meus quinze anos, eu conheci alguém. Ele se chamava Gilles, tinha trinta e cinco anos. Estávamos fascinados pela sua idade, os meninos porque queriam se parecer com ele, as meninas porque era um desafio conquistá-lo. Ele nos chamava "Os garotos". Ele era viajante comercial, vendia utensílios médicos. Atravessava a França de carro com pacotes de remédios, seringas sobre o banco de trás de seu carro, que ele estacionava bem perto do rio, ele conhecia um caminho na floresta, o que o tornava muito forte aos nossos olhos porque nós não conhecíamos esse caminho, e nos perguntávamos como ele podia ter passado entre os pinhos. Era como um herói. O herói do nosso verão. Ele trazia com frequência uma caixa de rosé, cigarros e chocolate, e nós éramos como uns pequenos pardais em volta dele. Ele sempre usava uma calça vermelha escura e um suéter de marinheiro, de lã, apesar do calor, ele dizia que sentia frio porque tinha vivido na África, e que o verão na França era o Polo Norte para ele. Ele tinha sempre em volta do pescoço um amuleto que uma mulher havia lhe oferecido após uma noite "carnal", eu me lembro da palavra porque não usávamos, e era tão mágico quanto o seu amuleto que ele, às vezes, beijava para trazer sorte e nos proteger do mal. E nós estávamos lá, todos, petrificados, escutando suas histórias da África, de vodus, de rio vermelho de sangue e de milagres. Principalmente eu, aliás. Eu podia ouvi-lo por horas, até mesmo sozinha, eu adorava a sua voz, seu jeito de me olhar, de ajeitar a minha franja quando ela caía sobre os meus olhos. Ele tinha as mãos calejadas, mas macias, e eu guardava as suas impressões sobre o meu rosto quando dormia à noite no meu quarto. Eu me dizia que o seu amuleto me protegia e que um dia eu também visitaria a África, atravessaria a fronteira, iria embora dessa cidadezinha da qual eu não poderia esperar grande coisa a não ser uma vida como a dos meus pais.

Eu sonhava com um outro futuro, ainda que fosse precipitado, os sonhos não eram para as pessoas do meu meio.

Rapidamente, eu me dei conta de que o Gilles arrastava a asa para mim. A diferença de idade não me incomodava. Ele dizia: *você é como uma irmã mais nova, mas eu não te vejo como minha filha, não sou tão velho para isso, e você também não é tão jovem.*

Ele me chamava de minha pequena, meu coração. Eu gostava, porque os outros ficavam roxos de ciúme. Devo confessar que eu jogava um pouco. Não queria fazer nada com ele, dormir com ele, mas é verdade, tenho que ser honesta, quanto mais os dias passavam, mais eu tinha vontade de provocá-lo. De manhã, quando eu acordava, a ideia de encontrá-lo me excitava. Ele tinha virado o mentor do nosso grupo e isso me valorizava.

Eu o considerava melhor que o meu irmão, melhor que o meu pai. Ele havia viajado, parecia livre, forte, invencível. Tinha mil projetos. Isso o tornava belo, atraente. Eu me sentia bem com ele, em paz, e, no entanto, sabia muito bem que ele estava acostumado seduzir pela palavra, que ele devia contar sempre as mesmas histórias quando conhecia pessoas novas. Às vezes, eu também achava que ele mentia. Mas eu gostava dessa possibilidade, que ele fosse um mentiroso. Isso o tornava ainda mais sedutor.

Ele tinha os olhos muito verdes, como esburacados por dentro, eu via neles os rios africanos correndo, e, às vezes, o meu reflexo quando eu o olhava bem de perto, quando ele me trazia até ele pela cintura, quando eu podia sentir o seu hálito um pouco alcoolizado, mas não era incômodo, e seu cheiro de suor que fazia dele um homem de verdade, maduro, não como os garotos à minha volta. Eu acho que era isso que me atraía, sua idade. Ele nunca tentava me beijar. Quando ele me via caminhar, ele dizia: *você tem um belo rabo, mas eu nunca vou tocá-lo*.

O verão acabou, alguns casais se formaram, alguns deixaram o grupo por outro, do outro lado do rio. Fazíamos churrascos à noite, e Gilles cuidava de tudo. Ele bebia muito, resistia bem ao álcool e nos fazia beber, enchendo nossos copos assim que eles se esvaziavam. Eu o deixava fazer, o rosé me provocava uma alegria que eu nunca havia sentido até então, uma coisa que saía verdadeiramente da infância, uma alegria de adulto, acho que foi isso que eu disse a mim mesma naquele momento, era como se eu deixasse um pouco a minha vida, a cidade, minha família e me aproximasse desse homem que eu não desejava, mas que tinha a inteligência de me dar um estado especial: o de garota mais interessante do grupo.

Ele dizia que eu tinha algo a mais, uma coisa de espírito que, ele tinha certeza, me levaria a um grande destino. Eu não acreditava nele, mas ouvir isso me fazia bem. Era como se ele me desse uma chance. Uma chance de acreditar em mim. Uma chance de acreditar em dias melhores. Uma chance de não repetir os erros dos meus pais. Uma chance de, talvez, vir a ser alguém. Às vezes, quando fazia muito calor, acontecia de nos banharmos tarde da noite. Gilles não vinha junto, ele se mantinha próximo ao rio para nos vigiar, ele dizia, mas eu sabia que era para nos olhar.

Ele não tirava o seu suéter, era estranho, mas ninguém dava a mínima. Ele tinha esse jeito de impor aos outros o que ele era, sua diferença, e nós o respeitávamos. Pior, nós o admirávamos. Digo pior porque a admiração é um veneno. Porque não desconfiamos de alguém que admiramos.

É o desprezo que nos faz não baixar a guarda, o medo também, evidentemente, mas não a admiração. E eu nunca tive medo de Gilles, nunca durante todo o verão, em todos os casos. Ele não era ameaçador, um pouco deslocado em relação à gente, mas eu via ali uma coisa frágil. Eu era a única a ver isso, mas eu via. Era quase emocionante, enquanto Gilles não tinha nada de emocionante. Ele escondia uma história, um passado, eu era jovem, mas o sentia. Ele tinha as palavras, e eu achava isso poderoso. Eu estava petrificada na minha linguagem, incapaz de alinhar duas frases corretas, por timidez e por costume também, eu acho. Não conversávamos de verdade em casa, não sobre coisas importantes, intimas, mal nos olhávamos, a não ser nesse verão em que a minha mãe me advertia quando eu ia para o rio - ela dizia que eu estava numa idade perigosa. Jovem demais para ver o perigo, velha demais para abrir mão dele. Eu não entendia o sentido da sua frase, mas sabia que ela se referia a Gilles. Ela havia me visto entrar no seu veículo, numa manhã. Perto do fim das férias, ele vinha me buscar e nós íamos juntos fazer compras. Nós devíamos formar um casal engraçado, mas eu nem ligava. Não havia qualquer gesto inadequado. No entanto, teria sido fácil no seu carro. Nada. Às vezes, ele colocava sua mão sobre minha bochecha, como um pai teria feito; eu sabia bem que ele não era o meu pai, ele não o lembrava em nada, mas era o que eu sentia quando estava com ele no seu carro, a não ser pelo fato de que eu ocupava ali o banco do passageiro, o que a minha mãe costuma ocupar. A infância tinha terminado, eu estava na frente, de frente para a estrada, e seguíamos, eu e Gilles, sem falar, sem música, apenas os dois no verão que terminava. Ele voltaria em breve para o norte por causa do seu trabalho. Seu carro estava um pouco sujo, mas isso não me incomodava.

Eu estava bem com ele e não queria nada mais. Eu não esperava mais do que isso. Ele não me atraía tanto, mas eu sentia necessidade de estar com ele, de estar com um homem que me valorizasse.

As meninas do grupo começaram a se distanciar. Um dia, um menino me disse que eu escondia bem o jogo e que era bem mais oferecida do que parecia. Gilles logo o colocou no seu lugar. Era isso o que eu gostava nele, ele me defendia como ninguém nunca havia me defendido. Então, eu não desconfiei. Já disse, ele não me causava medo. Eu tinha total confiança nele. Aos seus olhos, eu era intocável.

Aconteceu antes de irmos para o rio. Nós passamos na cidade para fazer as compras, como sempre, e depois ele me propôs de me levar onde ele ficava quando pernoitava na região. Era a apenas alguns quilômetros. Era importante, para ele, depois de todas essas semanas que passamos juntos, me mostrar onde ele vivia. Era uma prova de confiança e de amizade. Achei um pouco demais, mas, como isso parecia agradá-lo, eu aceitei. Não tinha medo de nada, eu estava convencida disso. Não me sentia em perigo, ou melhor, eu me sentia em segurança, os meninos da minha idade não sabiam se controlar, bêbados, com eles tudo poderia acontecer. Gilles era maduro e dizia que era preciso respeitar as mulheres mais do que tudo, pois elas geravam a vida, e isso as deixavam mais próximas de Deus que os homens. As mulheres eram anjos e eu, ele dizia, eu era a sua representação mais sutil. Nenhum homem havia falado comigo desse jeito. Nenhum. Então, eu aceitei ir ver onde ele morava. Por curiosidade e um pouco por orgulho também. Ninguém havia ido até a casa dele. Eu me senti lisonjeada.

Rodamos por uns vinte minutos. O banco do carro grudava na parte de trás das minhas coxas pois já fazia calor. Sentada, meu vestido de alças subia. Lembro que Gilles, pela primeira vez, vestia uma camisa que ele havia dobrado as mangas, ele sentia calor, mais do que o normal, ele havia dito, e eu achei que ele também fedia mais do que o normal. Era um cheiro forte de suor. Ele fumava como o meu pai, o braço para fora do vidro. Eu olhava a estrada, estávamos em plena região campestre. Os troncos das bananeiras estavam pintados de branco, o que, de tanto vê-los enfileirados, me deu um pouco de enjoo. Ele virou à direita, pegou uma estradinha de terra, não asfaltada, o carro balançava muito, eu achei que fosse vomitar. Então, eu me virei para pegar o pão que estava sobre o banco de trás e senti que ele me olhava, as costas, os ombros, as nádegas. Mas eu apenas senti, não vi se ele realmente me olhava. Disse a mim mesma que estava fantasiando, que eu não tinha nada a temer. Gilles talvez fosse um pouco estranho, mas era uma boa pessoa. Era perceptível o seu jeito galanteador: ele sempre abria a porta, garantia que não faltasse nada a ninguém, acendia o cigarro das meninas. Uma boa pessoa. Melhor que os idiotinhas da minha idade. Então, eu tive raiva de mim mesma e me sentei de volta no meu banco sem dizer nada.

Estávamos entre dois campos, um campo aberto, o verdadeiro, nenhuma fazenda nas redondezas, nenhum camponês em cima do seu trator. A tempestade ia chegar. Gilles assobiava, ele parecia feliz, eu também me sentia bem, e meu enjoo havia passado.

Depois dos campos, havia uma pequena clareira, a grama estava queimada, as árvores cortadas, como se fosse um terreno abandonado, onde não se pudesse mais plantar, sobre o qual qualquer pessoa poderia construir uma casa bem simples, mas, de qualquer modo, uma casa, com tijolos aparentes, um teto ao qual faltavam telhas, uma porta de madeira, duas pequenas janelas, sendo uma delas com um mosaico de azulejos quebrados, um cabo que percorria a fachada, dois baldes na entrada e, próximo, um fio pendurado sobre duas estacas sobre o qual penduravam roupas: cuecas, uma sunga, duas calças vermelho-escuras e uma toalha de banho com um rosto em forma de sol. Era a casa de Gilles. Ele disse: *não é muito luxuosa, mas para um mês por ano é mais do que suficiente.* Eu achei estranho que ele me mostrasse o seu barraco, isso o atendia, mas não disse nada e saí, como ele, do carro que ele havia estacionado perto de um buraco que parecia um poço.

Torci um pouco o tornozelo caminhando, Gilles parou e me perguntou se tudo estava bem, se eu quisesse, ele poderia me carregar como uma princesa até à casa dele. Achei bonitinho, e isso me tranquilizou, ainda que eu me perguntasse o que estávamos fazendo lá.

Quando ele abriu a porta e nós entramos, reconheci de cara o seu cheiro de suor. Meu enjoo voltou, mas eu não disse nada. A casa tinha apenas um cômodo, bem escuro, fresco, e esse frescor fazia bem. Havia uma mesa com muitos copos, duas garrafas de vinho vazias, pratos sujos e uma lata de sardinha na pia. Havia também um colchão no solo, um lençol embolado, mas eu não olhei muito, era constrangedor. Gilles me estendeu uma cadeira e me perguntou se eu queria beber alguma coisa, eu pedi um copo d'água, e ele disse que não era engraçado, havia cervejas gelando, eu achava que estava um pouco cedo, ele respondeu: *como você quiser, eu vou pegar uma.*

Eu estava sentada à mesa, era estranho ver todos os copos e cigarros no cinzeiro, pois Gilles dizia que não conhecia ninguém na região além da gente, o seu grupo de jovens. Disse a mim mesma que talvez todos os copos fossem dele, que ele não tinha se dado ao trabalho de arrumar. Pensei que as suas histórias sobre a África não existiam de jeito nenhum. Ele era um pobre coitado, uma espécie de sem-teto que devia invadir os barracos que encontrasse pelo caminho. Comecei a me sentir um pouco mal, ele deve ter percebido porque disse: *já volto, vou fazer xixi lá fora.*

Quando ele saiu, ouvi a tranca da porta. Então, eu bebi dois goles da sua cerveja. Estava aterrorizada. Quando ele voltou, disse: *Ah, prefiro assim! Vou abrir uma só para você e vamos brindar, é tão bom te ver aqui, dividir esse momento só com você.*

Tentei acreditar que era bom, tentei afastar o meu enjoo, então, me levantei, peguei a cerveja que ele me deu, bebi uma grande quantidade, ela estava bem gelada, me senti um pouco melhor até o momento em que ele tirou a chave da porta trancada com duas voltas e a colocou no bolso da frente da calça. Fiz como se não fosse nada. E comecei a falar para ganhar tempo.

Eu guardo mais ou menos na memória quase cada palavra dessa conversa que eu tentava manter pelo máximo de tempo possível, pois eu sabia que o seu fim seria o começo do meu fim.

Conversamos por muito tempo. Ele me disse que os meus amigos não eram amigos de verdade, que eu me enganava sobre todos eles, que isso não era amizade, que com um amigo sempre podemos contar com ele dia e noite e que bem se via que as meninas e os meninos do rio não me consideravam muito. Respondi que eu não concordava, ele começou a falar mais alto e, depois, se acalmou. Era ele o meu verdadeiro amigo, só ele, ele só queria o meu bem, ao contrário de todos esses canalhas que só queriam me pegar. Ele era diferente. Ele tinha sentimentos. Porque ele conhecia a vida e garotas como eu, ele não havia conhecido muitas. Eu era a sua garotinha, a sua joia.

Ele cuidaria bem de mim porque eu merecia, ele havia sentido desde os nossos primeiros olhares. Ele não gostava dessa melancolia em mim, não era normal na minha idade. Disse que concordava com tudo e que aceitava a sua amizade. Eu me perguntava como poderia fugir, as janelas eram minúsculas, a porta fechada à chave, a chave no seu bolso da frente, impossível de pegar. Eu ganhava tempo. Disse que estava lisonjeada de que um homem tão bom quanto ele se interessasse por mim, que isso nunca tinha me acontecido e certamente nunca mais me aconteceria, que ele era especial e que eu confiava nele mais do que qualquer outra pessoa, imaginando que ele gostaria de se sentir adulado. Claro que eu me enganei. Ele recomeçou a ficar nervoso, a gritar um pouco, todas as mulheres eram complicadas, ele havia sofrido tanto por causa delas, não queria mais, só a amizade contava, bando de safadas, ele as detestava, sobretudo essas idiotinhas do rio que rebolavam o rabo nos seus shortinhos bem justos apenas para excitá-lo, mas isso não o excitava. Ele preferia a excelência, uma coisa única, dizia que eu me aproximava disso, e quando ele pensava em mim era tão forte que subia à cabeça e ele não conseguia mais dormir por minha causa.

Para acalmá-lo eu o perguntei se ele havia recebido alguém, por causa de todos os copos em cima da mesa, ele respondeu que alguns amigos haviam passado tarde da noite, quando ele tinha acabado de voltar do rio, que ele estava exausto, mas não se recusa nada aos amigos, porque a amizade é a única coisa que conta, além do mais, ele havia falado de mim e um dos seus amigos queria me encontrar. Quando ele disse que o rapaz viria daqui a pouco, eu me levantei, corri até à porta, eu sabia que ela estava fechada, mas fingi que não sabia, ele gritou: *O que você está fazendo aí?* Eu disse bem tranquilamente: Eu também, eu acho que preciso ir fazer xixi. *Minha pequena, não agora, depois, venha antes me dar um abraço, eu estou precisando.*

Eu sentia o seu cheiro, estava tudo acabado para mim, mas eu tentei uma última jogada, disse a mim mesma que sendo dócil, eu poderia confundir a cabeça dele, pegar a chave e fugir. Eu me aproximei dele, ele pegou o meu braço, colou a sua boca contra a minha e a abriu com a sua língua. Em seguida, ele segurou a minha cabeça com as mãos, se levantou e se colou contra mim, seu sexo estava duro, ele arrancou as alças do meu vestido e, nas minhas costas, senti umas unhas tão grandes quanto as de uma mulher.

Eu não conseguia mais me mexer, me defender. *Está vendo, você é uma safada, como as outras, você quer, hein? Você quer que eu faça isso com você?* E nada saía, nada mexia em mim, eu era dele, para ele, e ele continuou a gritar: *Está vendo, você é como as outras, é isso o que você quer, né? Você quer Ele dentro de você, para virar uma fêmea de verdade que vai se pavonear diante das outras fêmeas, pois ele vai ter feito o trabalho e vocês ficarão em igualdade. Elas todas querem isso, as garotas da sua idade, elas se fazem de sonsa, mas é só uma imagem, vocês sempre voltam à mesma coisa que as obcecam, e eu vou te dizer, isso me enoja. Sim, você me enoja, Sylvie.*

Disse a mim mesma que eu ainda podia me safar, então, eu acariciei o seu rosto e olhei bem nos seus olhos. Ele me empurrou em direção à porta, pensei que íamos sair, que estava tudo bem, que eu poderia esquecer tudo isso, não voltar a vê-lo, mas esquecer, afinal não era tão grave, mas ele tirou um dos meus seios do meu sutiã, o chupou longamente, havia sempre aquele cheiro, o meu enjoo, pensei nas bananeiras pintadas de branco para evitar que os carros batam nelas durante a noite, mas era eu que estava sofrendo um acidente. Depois, ele pôs a mão na minha calcinha: *Você não vai ter nada a mais do que isso, porque você não merece. Ele é muito bom para você, e eu não quero te fazer bem.* Senti os seus dedos dentro de mim, dois, depois três. Eles giravam sobre eles mesmos como se ele procurasse alguma coisa. Não durou muito tempo. Ele os tirou de forma abrupta dizendo: *Aí está.*

Ele abriu a porta, lá fora a terra estava encharcada, a tempestade havia começado sem que eu a escutasse. Eu amarrei o meu vestido sobre as minhas axilas para segurá-lo, andamos em direção ao carro sem dizer uma palavra, senti o céu bem perto de mim. Eu poderia ter tocado o céu. O caminho de retorno pareceu mais longo. Ele fumava, sempre com o braço para fora, eu esperava que um caminhão passasse um pouco mais perto e o arrancasse. Ele tinha esse tique com a boca, que fazia um barulhinho, ele estalava a língua contra o céu da boca e era principalmente isso o que me enojava, a sua língua. Eu sentia frio, eu tremia. Mantinha os braços cruzados sobre os seios, que estavam doendo. Ele me deixou em frente à minha casa, sem um olhar, eu tinha vontade de cuspir na cara dele, mas tinha muito medo da sua reação, então, eu não fiz nada. Por sorte, a casa estava vazia. Todo mundo tinha saído, ainda era verão, e eu tinha muito frio. Eu me sentia suja, não sujada, suja. Tranquei-me no banheiro. Não ousei me olhar no espelho. Sentia-me culpada. Tirei o meu vestido rasgado. O seio que Gilles tinha chupado estava vermelho. Quando tirei a minha calcinha, tinha uma mancha de sangue que desenhava uma estrela no fundo. Uma estrela com as pontas tortas e irregulares, mas uma estrela mesmo assim. Não era um grande desenho. Fiquei surpresa, porque eu achava que a gente perdia muito mais sangue quando perdia a virgindade. Passei água quente pelo meu corpo todo, esvaziei o pote de sabonete líquido e depois me tranquei no meu quarto. Eu não chorei, acariciei o meu sexo, tentei me dar prazer, foi um reflexo estranho, mas eu não tentei entender. Nessa noite, à mesa, ninguém percebeu nada. Minha mãe apenas me disse: você está com a cara boa. As férias te fizeram bem. Não respondi e contei os dias que me separavam do colégio.

Os anos se passaram, eu fingi esquecer. Quando, no dia do meu casamento, eu sujei o meu vestido com uma cereja, compreendi que Gilles ainda me controlava. E quando o policial veio me trazer o sanduíche e a garrafa d'água, era ainda Gilles que estava à minha frente. E eu tive nojo de mim mesma porque, por milésimos de segundo, senti desejo por ele.

OS DIAS SEGUINTES

Isso não se parece com uma prisão, mas é de fato uma prisão, porque eu não tenho o direito de sair dela, meus horários são fixos, meus passeios limitados. A janela do meu quarto tem barras de ferro. Elas são quatro, escuras e grossas, impossível de serrar, se eu desejasse. Desejo que eu não sinto. Eu me sinto segura aqui. Não entendi no que consistiam os cuidados comigo, mas aceitei imediatamente o meu tratamento diário. Uma pílula em diferentes momentos do dia, certamente para me acalmar os nervos, e, no entanto, eu nunca me senti tão tranquila. Eu não me faço perguntas. Não quero saber. Para dizer a verdade, não me interessa, não mais, cheguei ao fim de alguma coisa e não espero o começo de nada. Pela primeira vez, eu me mantenho sobre o ponto fixo de uma linha e não quero me afastar. Estou bem aqui, em equilíbrio e, para ser honesta, posso afirmar que nunca estive tão bem. Nunca. Mesmo quando dei à luz aos meus dois filhos. Entretanto, eu me dizia que esses seriam para sempre os dias mais bonitos da minha vida, os mais completos, que nada me traria mais paz do que ter dado à luz por duas vezes, que era um milagre tão grande, uma alegria tão grande que o meu corpo a registraria como uma espécie de carapaça contra a adversidade. A carapaça se quebrou e a adversidade ganhou. E eu esqueci o milagre, ainda que eu ame os meus filhos mais do que tudo. Não sei se eles vieram me visitar. Não me lembro mais. Mesma coisa para o meu marido. Sim, eu ainda digo "marido", pois eu o vejo assim, está gravado e não vai mais mudar. Eu tenho e terei apenas um marido. Então, é verdade, aqui eu me sinto bem protegida. Eles não me pedem grande coisa. Às vezes, há umas conversas com um médico. Ele me ausculta a barriga, o pescoço, os olhos, me faz perguntas que eu não respondo. O que eu gosto é que ele não insiste e me deixa voltar para o meu quarto sem dizer uma palavra. É tão raro. Numa vida em que sempre precisamos atribuir um sentido ao que dizemos, ao que fazemos. É preciso explicar sempre. Não somos livres para nada. Eu não tenho nada a explicar sobre a minha atitude com Andrieu. Eu tive vontade, é tudo.

Às vezes, tenho o direito de sair para o jardim. Ele é grande, bem maior do que o que tínhamos em casa, e que eu observava pela janela da cozinha, os olhos perdidos, quando tomava o meu café de pé, sozinha, antes de sair para a Cagex. Há uns álamos que se dobram com o vento, e eu acho muito poético; eles são livres e beijam o céu como nenhum homem poderá fazê-lo, nós somos tão pequenos face à natureza, tão mesquinhos também, quando a destruímos. Eu a acho importante, a natureza. Ela é como uma mãe. Além do mais, um dia, ela vai se vingar. As mães maltratadas sempre se vingam. É o que eu fiz. Destruí tudo em apenas uma noite. Sei que isso não se diz, mas eu gosto de não ser mais uma mãe hoje em dia ou, em todo o caso, de ter perdido o status. É como se, enfim, eu vivesse, como se vivesse apenas para mim. Ninguém, no fim das contas, vive para si. Sempre precisamos do olhar do outro para sentir que existimos. É sempre a história do cordão. Nós o cortamos, e, muito rápido, é preciso reconstruir um outro, porque o vazio dá muito medo. Eu não tenho medo, amo o vazio à minha volta, ele está cheio de mim, e eu gosto de ter plena consciência de mim. Estou no meu próprio espaço e na minha própria falta. Não espero nada de ninguém e posso me preencher de mim mesma, assim como posso fugir de mim. Sou sólida e líquida ao mesmo tempo. Posso me tornar todas as coisas e não ser nada. Não é grave, não importa mais. Enfim, tudo se acaba para recomeçar ou não recomeçar. Os álamos fazem barulho à noite. Suas folhas parecem o papel vegetal que a gente amassa. É macio. Minha cama só tem um lugar, e eu não durmo mais à sombra do meu marido. Tudo se encaixa agora, não há mais falta, não há mais espera. É como se os mil pedaços de mim, antes espalhados pelo chão, tivessem se reunido em apenas um bloco. Nunca me mantive tão de pé, nunca me senti tão viva e, no entanto, estou adormecida. Faço parte do espaço à minha volta, ele é menor, mas eu gosto disso porque aqui, meu corpo encontrou o seu lugar, como moldado aos quatro cantos da minha cela que se parece com o quarto de uma criança, sem os desenhos, nem as cores, sem os brinquedos também, mas estreito e tranquilizador. Eu não preciso de nada. Posso escrever, eles me deram papel e caneta. Eles dizem que é importante se expressar, ou se manter em contato com o exterior. Não escrevo nada para mim, mas vou escrever para o meu marido. Não escreverei para o Andrieu, nunca lhe direi que eu me arrependo do que fiz, que eu lamento o medo que o fiz sentir, caso ele o tenha sentido. Tenho dúvidas sobre isso, Andrieu é incapaz de ter emoções. Há pessoas assim, sobre as quais tudo se passa sem deixar marcas. Eu sou tão marcada, mesmo o vento sobre os álamos poderia deixar traços sobre a minha pele. Não tenho mais paredes que me protejam e não quero mais me proteger. Talvez a vida seja isso, a verdadeira vida, beijar os seres, os elementos, ser um só com o que está à nossa volta, ser atravessado, penetrar, tomar tudo, guardar tudo, não recusar nada, deixar-se levar por uma vez. Por causa de Gilles, eu nunca confiei em ninguém. Pensava que sempre queriam me fazer mal ou que o fariam. E se esse mal demorasse a chegar, eu o aguardava, pois estava cansada da espera, de temê-lo. E colocava em prática todo um sistema pelo qual ele chegaria. E ele chegou. Por minha culpa, certamente. Por ter guardado Gilles dentro de mim, sem conseguir expulsá-lo. Ele se mantinha quentinho na minha barriga, e eu o guardava. Não fiz nada para que ele fosse embora. Se devo ser culpada de alguma coisa, é disso e apenas disso. De ter abrigado um intruso. Eu cresci, envelheci com ele. O corpo fantasma. Não tinha consciência, mas agora eu sei.

A CARTA

Meu amor,

    Está vendo, eu ainda te chamo de meu amor, você sempre o será, não posso pensar outra coisa, ainda que eu tenha tentado me convencer do contrário, de não sentir raiva de você, fingir que nada havia acontecido quando você me disse que partiria. Não tentei te impedir, eu me arrependo. Era normal que você partisse, mas, no fim das contas, não era nada normal. Eu fui levando, e não deveria. Não aprendi a lutar para ser amada, pois eu sempre me considerei não amável e incapaz de receber amor, de reconhecê-lo quando ele chegasse, de cuidar dele quando enfraquecesse. Eu não tinha essa inteligência e essa paciência que as outras mulheres talvez tenham, mas eu não sou a melhor das mulheres, nem a mais merecedora também, pois estou certa de que os sentimentos se conquistam e eu te negligenciei. Deveríamos ter conversado, mas nem e eu nem você tínhamos jeito para isso. Hoje, estou em um retiro, digo retiro porque o lugar onde estou parece uma casa de repouso, se me esqueço das grades, o advogado que vem me ver de tempos em tempos, a proibição de atravessar as altas portas de correr que fazem com que o jardim, apesar das suas flores, de seus álamos, seus passarinhos que cantam, pareça uma fortaleza, hoje, sim, eu falo contigo finalmente. Não sei o que estou fazendo aqui. Sei que fiz uma besteira, mas não sei se o meu lugar deveria ser realmente esse. Não sei se o mereço. E você sabe por quê? Não, é claro que você não sabe. Porque eu me sinto bem aqui. Sinto-me em segurança. Acho que nunca conheci uma segurança como essa. Sei que você vai pensar que eu pirei, mas é a verdade. É como se eu tivesse sempre buscado esse lugar, esperado por esse momento, de não mais pertencer ao mundo verdadeiro, que para mim parecia cada vez mais falso. Eu não tinha mais lugar nesse mundo. Além do mais, o que é ter um lugar? Estamos todos deslocados, fora do lugar. Todos caímos de uma árvore, um dia. Tentamos subir de volta, ramo por ramo, sem conseguir. É tão difícil saber o que queremos, o que esperamos, o que desejamos. Quando você estava perto de mim, eu não te via, porque você não me enxergava mais. Não nos olhávamos mais. Havia acabado há muito tempo, nós dois. Aliás, não sei nem mesmo se tinha começado. E, no entanto, eu juro que te amava. Mas eu não sabia demonstrar e você também não sabia. Dois deficientes de sentimentos. Desde que eu estou aqui, tenho a sensação de ter aprendido a falar, a dizer, a escrever melhor também, você deve ter percebido ao me ler. No entanto, eu não converso com ninguém, mas finalmente eu converso comigo, você entende? Parei de mentir para mim mesma. Encontrei meu segredo, que eu ainda sou incapaz de te contar, mas sei que um dia eu poderei, se esse dia existir. Nunca sabemos o que o futuro nos reserva.

No dia do nosso casamento, eu tive um mau pressentimento. Pensei que tudo estava estragado de antemão. A vida me deu razão. Eu poderia, deveria ter mudado o rumo das coisas, sempre podemos, não quero acreditar em destino e em todas essas besteiras do tipo "estava escrito". Não, eu não quero. Eu sou culpada, você é culpado, construímos os dois o nosso fracasso. Duas vidas de condenados, era o que nós levávamos. Mas eu também sei que o amor não existe apenas para os outros. Não existe só nas revistas e novelas. Dizemos que, com um pouco de sorte, o vento vai virar ao nosso favor. Claro que ele não vira, mas podemos sentir a sua força se não somos muito fechados. Ele estava lá, o nosso amor, não tinha um rosto, mas se parecia com alguma coisa mesmo assim. Os dias passavam, tivemos dois filhos, uma casa, poucos sonhos, é verdade, mas quem pode ter sonhos grandiosos hoje em dia? Não soubemos capturar o tempo, nós não o vimos. Éramos indiferentes à felicidade. Não tínhamos tempo para isso.

Eu sou como uma criança aqui, é talvez disso que eu goste. Digo a mim mesma que vou reconstruir o que danifiquei, o que quebrei. Que talvez eu ainda tenha uma chance. E, sabe, ainda que eu não a tenha, não tem problema, afinal eu não tenho mais vinte anos, meus anos ficaram para trás, eles não foram nem bonitos, nem feios, não foram nada e, no entanto, foram tudo porque eu os passei com você.

Quanto você partiu, redescobri o verão dos meus quinze anos. Estava frio, mas eu tinha a pele quente como se alguém ainda me abraçasse e me amasse à sua maneira.

Quando você partiu, eu não disse nada, nem mesmo chorei. Fiz como se não fosse nada. Segui em frente pelos meninos, talvez um pouco por mim também. Meu trabalho era muito importante, era a minha força, eu não podia fraquejar. Não tinha o direito e, principalmente, não tinha a possibilidade. Todo mundo debocha da tristeza dos outros. Isso não conta. É preciso seguir em frente, senão nós morremos, e eu não tinha o direito de morrer.

Nunca te perguntei se você conheceu alguém, se havia me substituído, ainda que nunca se substituía alguém, pois, em princípio, somos únicos. Acho que sim, pois você tinha necessidade de existir pelos olhos de alguém. Não tínhamos mais muitas relações físicas e, no entanto, eu poderia ter. Não era um problema transar com você, nunca foi um problema, pelo menos no começo. Eu sentia prazer. Não digo que eu sempre gozasse, mas me fazia bem te sentir. Eu te escrevo isso porque é raro. Não podemos viver sem desejo, não é possível. E, além do mais, eu me pergunto se o amor e o desejo não andam juntos, de mãos dadas, como dois amigos, como dois inimigos também, um comendo o outro, um separando o outro, como saber, como escolher? Você sabe, meu amor? Eu não sei se podemos separá-los. Os homens, talvez, para nós, as mulheres, é impossível. Além do mais, eu não sei o porquê. Medo de parecerem vagabundas, talvez. Vagabunda, eu nunca fui. Nunca te traí. E quando você partiu, eu não procurei encontrar alguém. Não tinha vontade, pior, não tive nem mesmo a ideia. A água da ducha me fazia mal. O ar que eu respirava me fazia mal. As minhas mãos no volante do carro me faziam mal. A casa sem você me fazia mal. Encontrar você através dos nossos filhos me fazia mal. Meu ventre sem você me fazia mal. Eu não tinha passado, não concebia o futuro. O tempo não existia mais e eu não tinha nem mesmo o desejo de largar tudo, de abandonar tudo, de dormir na beira da estrada, confesso, eu teria preferido. Mas eu não sei largar, e eu não queria largar. Então, houve essa noite com Andrieu e, olhando para trás eu posso te dizer, pouco importa se isso te choca, que eu teria preferido dormir com ele e reestabelecer a relação de dominante e dominado que nós tínhamos. O pior dessa história é que eu acabei dominando-o. Tornei-me mais forte que ele. Pior que ele. E eu voltava para casa todos os dias com raiva. E não podia falar dessa raiva com ninguém. Então, ela ganhou terreno e acabou explodindo. Eu poderia ter te ligado, te contado, mas eu não tinha mais vontade. Eu costumava imaginar você com outra. Eu não tinha raiva de você. Você tinha o direito, no fim das contas, ninguém pertence a ninguém. Não tinha problemas em te imaginar. Era como um quadro que eu observava de longe. Eu te imaginava um pouco tímido com uma mulher mais jovem, na nossa idade elas são sempre mais jovens, é clássico. Você a levava para tomar uma bebida, acompanhava até a casa dela. Você não ousava pegar na sua mão, ainda era o homem de uma mulher, da sua mulher e, sobretudo, um pai. Você ligava para ela de manhã cedo, desejava bom dia, esperava o dia todo que ela te retornasse, mas ela nunca o fazia, os jovens são assim: difíceis. Um dia, você a convidou para jantar, ofereceu-lhe um kir royal para começar, você pedia o prato preferido dela, mesmo que não fosse o seu, bebia um pouco de vinho, depois, um pouco bêbado e um pouco alegre, você confessava que se sentia bem com ela, ainda que não fosse tão simples pois você havia acabado de sair de uma relação. Você era paciente, tinha todo o tempo do mundo e havia perdido tanto tempo comigo. Você se dizia que as mulheres são um mistério, mas que, no fim, elas acabariam por ceder, pois na sua cabeça e pela sua educação, você tinha certeza de que uma mulher precisa de um homem, sobretudo, de um homem forte, o que você era. Eu te disse isso várias vezes, por causa dos seus ombros, da sua vontade, a seriedade com o trabalho de merda que você tinha, mas que te permitiu economizar, comprar sua casa, o seu carro, oferecer umas férias na praia, não muito frequentes, mas suficientes para que os meninos se lembrem e te agradeçam, de proteger a sua família, ainda que não estejamos protegidos de nada. De tanto perseverar, você a sentia ceder. Era sutil, lento, mas estava acontecendo. Depois era ela que te ligava, te retornava durante o dia, te escrevia um SMS "Você me faz falta. Acho que estou me apaixonando por você, ainda que eu não devesse". Ela ocupava pouco a pouco o seu território, e você o dela. Então, uma noite, você acabou a convidando para sua casa, não era muito grande, mas era sua, não era fácil com o empréstimo da casa, ainda não quitado, seu salário de miséria, a pensão que você pagaria aos seus filhos, mas tudo bem, você estava livre. No começo, ela não ficava para dormir, e você entendia. Ela gostava que você compreendesse, você sabia. E então, um dia, ela veio numa sexta-feira à noite com uma bolsa maior do que o normal, e você entendeu que ela ficaria para dormir uma noite e, talvez, todo o fim de semana, era uma vitória para você, pequena, mas já importante, um pé no futuro, você sonhou tanto com esse futuro sem mim. E você tinha razão, ela ficou. Você tinha um pouco de medo porque as mulheres causam medo, elas são complicadas, nenhum corpo se parece com o outro, cada um funciona à sua maneira, não há nenhuma regra, nenhum modo de usar, é preciso descobrir e quando não se descobre, depois é complicado. Para o amor. Você não queria acender a luz, não queria ver o seu corpo e que ela visse o seu, você estava me apagando, mas isso te machucava, porque você é nostálgico e sentimental. Vocês se beijaram, e você pensou no nosso quarto, nas nossas noites de tédio e, às vezes, de festa, quando decidíamos que seria um pouco mais animado que o normal, no meu rosto, e, talvez, na minha pele. Mas eu duvido disso, você não me olhava mais. Em todo o caso, você pensou em nossos hábitos e você não gostou, então, você fechou os olhos, apagou a luz e se deitou sobre ela como se ela fosse uma ilha deserta, sem ligação com o seu passado, ancorada a você, que renascia. Vocês riram, almoçaram, jantaram, fizeram amor novamente, às vezes, você conseguia, outras, de jeito nenhum, mas não tinha problema, você não estava nem aí e ela também não. Além do mais, ela sempre repetia "não tem problema, sabe, essas coisas acontecem". O que você mais gostava era de beijá-la, longamente, como um adolescente em seu início, a cabeça girava em todos os sentidos, e você se arrependeu de todos os dias que havia perdido passando tanto tempo comigo. E então, você mandou o adolescente embora e se tornou um homem, um homem que eu não conheço. Você a tomou pela cintura na rua, ofereceu a ela flores um dia quando você a esperava na saída de seu trabalho, você a levou a um chalezinho no meio das montanhas e disse a ela que você gostaria de refazer sua vida se a vida pode ser refeita, mas isso, nós dois sabemos que não é possível. Ela acreditou em você, ela acredita em você, e todos os dias quando olha para ela, você reza para não encontrar a tristeza que comia os meus olhos, porque foi essa porra de tristeza, que você não entendeu e da qual eu nunca te falei, que acabou com tudo. Seja sereno, viva a sua vida, essa tristeza é só minha, e você vê, quando eu te escrevo, que eu gosto que ela exista, pois isso quer dizer que eu também ainda existo um pouco.

Este livro foi composto nas fontes
Source Serif [texto], Mouron e Rousseau Deco [títulos],
impresso pela gráfica Viena em papel Pólen Natural 80g
e diagramado pela BR75 texto | design | produção.
São Paulo, 2023.